ここは私の邸です。そろそろ
出て行ってくれます？

登場人物紹介
CHARACTERS
レイド
マリッサの暮らす国の
王子であり、彼女の同級生。
不器用だが優しい性格で、
食事を与えてもらえないマリッサを
気にかけ、彼女をいじめからかばう。
マリッサ
本作の主人公。
侯爵令嬢で正統な後継者だが、
養父である叔父一家に
邸と家督を乗っ取られる。
十八歳の誕生日での
追放を計画中。芯の強い性格。

デリオル
マリッサの元婚約者。義妹でもあるロクサーヌと関係を持ち、マリッサとの婚約を破棄する。
レイチェル
学園の同級生でマリッサの親友。虐げられるマリッサにも優しかったが、あることをきっかけに……？
ロクサーヌ
マリッサからデリオルを寝取ったわがままな従妹。叔父が後見人目的で養父となったため戸籍上は義妹。
アンジェラ
学園の同級生である公爵令嬢。美人だが明るく豪快な性格で、マリッサと仲良くなる。

第一章　婚約破棄ですか？

「マリッサ、すまないが婚約は破棄させてもらう。俺は、運命の人を見つけたんだ！」

婚約者のデリオル・ガーダ様が約束もなしに急に邸に姿を現し、玄関で迎えた私に、顔色一つ変えずにいきなり婚約破棄を告げた。

彼の言う運命の人とは、おそらく私の義妹のロクサーヌの事だろう。

すまない？　本当にそう思っているの？

義妹のロクサーヌと、浮気していた事には気付いていた。

というよりも、ロクサーヌ自身がほのめかしていたのだ。それでも知らないフリをして婚約を続けて来たのは、デリオル様のお父様が私の亡くなったお父様と親友だったからだ。

だけど、引き止めるつもりなんて毛頭ない。

「分かりました」

それだけ言って、玄関の扉を閉める。

私の返事を聞いても、デリオル様は眉ひとつ動かさなかった。長い間婚約者だったというのに、呆気ない終わり方だ。

デリオル様とは九年婚約していたが、好意を持つ事はなかった。

そう考えると、デリオル様がロクサーヌを選んだのは正解なのかもしれない。どんなに頑張っても、私は彼を愛する事が出来なかった。申し訳ないとは思うけど、裏切られて泣き寝入りする程、私は優しくない。

デリオル様には莫大な慰謝料を請求させてもらう。そして、借金の全額返済もしてもらう。

ロクサーヌを選んだことで、彼は破滅することになるだろう。


私の名前は、マリッサ・ダナベード。十七歳。お父様とお母様は、私が八歳の時に事故で天国に逝《い》ってしまった。

そして一人娘の私は亡き父の跡を継ぎ、八歳で侯爵《こうしゃく》となった。まだ幼かった私の代わりに、侯《こう》爵《しゃく》代理となったのが叔父のドナルドだ。叔父は私を養子にし、この邸に家族で越して来たのだが、幼かった私を叔父夫婦は冷遇した。

当時まだ七歳だったロクサーヌも、十歳になると叔父夫婦にならって私を使用人扱いするようになり、十六歳になった今では、私の婚約者を奪うまでになった。ロクサーヌは、私のものを全て自分のものにしないと気がすまないようだ。

一年ほど前までは、デリオル様は私を愛してくれていたのだが、ロクサーヌはそれが許せなかったのだろう。

初めの頃、デリオル様はロクサーヌを相手にしなかった。それが、なぜか半年前に二人は付き合い始めた。

正直、デリオル様は私を想ってくれるのに、私は好意を持てない事に罪悪感を抱いていたけど、これできれいさっぱり終わりにする事が出来る。

九年もの間、婚約者だったというのに何も感じない。もしかしたら、私は冷たい人間なのかもしれない。

「デリオル様は、何の用だったの？」

部屋に戻ろうと廊下を歩いていると、ロクサーヌが話しかけて来た。分かっているくせに、わざわざ聞いて来たのは、私が泣くとでも思っていたからだろう。

「私との婚約を、破棄すると言われたわ」

ロクサーヌは嬉しそうな顔で、私の顔に雑巾《ぞうきん》を投げつけて来た。

「婚約者に捨てられたなんて可哀想ね！　これであんたにはもう誰も居なくなっちゃった！　そんなボロボロの服を着て、笑いもしない女なんて、愛されるはずなかったのよ。身の程を知りなさい。ああ、その雑巾《ぞうきん》で床をピカピカに磨いてね。それくらい、何もないあんたにも出来るでしょう？」

そう言って嬉しそうに去って行く、ロクサーヌ。

このまま部屋に戻りたいけど、床を掃除しなかったら後で何をされるか分からない。

ロクサーヌが投げつけて来た雑巾《ぞうきん》で、床を掃除する。ボロボロの服……か。本当にその通りだ。

四つん這《ば》いになりながら床を拭いていると、ぽたぽたと涙がこぼれた。

デリオル様に捨てられても、涙なんて出なかったのに、悔しくて涙が止まらない。

こんな仕打ち、いつものことなのに、今日は凄く自分が惨《みじ》めに思えた。

◇◆◇

翌日、学園に登校すると、婚約を破棄された可哀想なマリッサ……ではなく、義妹をいじめていた挙句、義妹に婚約者を奪われた性悪な女と噂になっていた。

今まで皆は『人気者のデリオル様は、容姿だけはデリオル様の婚約者』という理由だけで、私の友達でいたようだ。

確かにデリオル様は美しい。金色の髪に蒼い瞳、絵に描いたような美男子だ。だけど、良いのは容姿だけ。中身は、ウジウジしてるし決断力もない。すぐに泣くし、お金使いも荒いし、自分の容姿に酔っているナルシスト。知れば知るほど、好きにはなれなかった。皆、見た目しか見ていないのだと思いながら、教室に入る。

「何あれ……やっぱり、図々しいわ」

「婚約破棄されても、泣きもしないのね。私なら、あんな素敵な人に婚約破棄されたら耐えられない！」

「ロクサーヌ様、可哀想……よくあんな仕打ちに耐えられたわね」

ロクサーヌが、可哀想？　婚約者を奪われたのは、私の方なのに……心の中でイラッとしながら、窓際の一番後ろの席に着く。

「階段から突き落とされたこともあったそうよ！」

「ロクサーヌ様は幼い頃から、物置で暮らしていたんですって！」

「食事に虫を入れられて、それを食べさせられたそうよ！」

「大切に育てていた花を、踏みつけられたそうよ！」

……それは、全て私がされたことだ。ロクサーヌは、デリオル様を奪っただけでなく、嘘の噂まで広げていた。

違うと言いたいけど、私が何を言ったとしても、信じてもらえないだろうし、私には気弱令嬢でいなければならない理由があるから、言い返したりは出来ない。噂の中ではもう、気弱令嬢ではなくなっているけど……

ロクサーヌは人に媚《こ》びるのが上手い。上目遣いで目をうるませながら、か細い声で同情を誘う。男性でも女性でも、心を操るのが得意だ。それに比べて私は、容姿も銀髪の蒼い目で冷たそうな上に、笑うことが苦手だ。両親を亡くしてから、笑い方を忘れてしまった。笑わないのではなく、笑えないのだ。

それが原因なのかは分からないけど、叔父夫婦が私を見る目はいつも冷たい。

叔父の一家が邸へ越して来て、私は自分の部屋をロクサーヌに奪われた。そして叔父夫婦は、私の部屋を物置に移した。ベッドもなく、床にシーツを敷いて寝る毎日。

その対応があまりにも酷いと、執事のマーカスが叔父夫婦に抗議したが、そのせいでマーカスは解雇されてしまった。

マーカスが解雇された事で、叔父夫婦に逆らう使用人は誰も居なくなった。

食事は皆で一緒にとってはいるけど、夕食は私だけ前日の残り物。叔父夫婦は、ロクサーヌと私を比べて、優越感に浸《ひた》るために毎日一緒に食事をしている。

服も宝石も、ロクサーヌに好きなだけ買い与える。私が持っている服はたった二着。それを自分で毎日洗いながら、着回している。

学園の校則は制服着用だから、仕方なく買ってくれた。本当は学園に通わせたくなかったようだけど、さすがに世間体が気になったようだ。

叔父は、自分が所詮代理に過ぎないという事を忘れているのだろうか？　もうすぐ私は十八歳になる。

私が大人しくしてきたのは、叔父に殺されるかもしれないと思ったからだ。私が死ねば、叔父は侯爵《こうしゃく》になれる……だから、殺されないように自分を押し殺して生きて来た。

十八歳になれば、後見人は必要なくなる。

その時は全てを返してもらう。

それまでは、気弱で何でも言う事を聞くマリッサで居なければならない。

第二章　嫌いだった生徒

授業が始まっても、私の悪口が聞こえて来る。先生は注意しようとしない。何かしたわけでもないのに、先生も私が嫌いなようだ。たった一日で、全てが変わってしまった。

生徒達は丸めた紙を、クスクス笑いながら次から次へと私に投げつけて来る。机の上が、ゴミでいっぱいになって行く。投げられた紙を広げてみると、私の悪口が書いてある。クズ、性悪、ブス、学園に来るな、消えろ……今まで一緒に授業を受けて来たクラスメイトが、私の事をそんな目で見ている。学園にも、私の居場所はなくなってしまった……

心が折れかけた時、二つ隣の席に座っていた一人の男子生徒が机をバンッと叩いて勢いよく立ち上がった。

「うっせーな！　てめーら、何しに学園に来てんだ⁉」

彼が他の生徒達を鋭い目付きで睨み付けると、皆がいっせいに下を向く。

そんな中できっと私だけが、彼から目が離せなくなっている。

教室の中がシーンと静まりかえり、悪口の嵐が止んだ。

乱暴な言葉使いだけど、彼はこの国、キラヌス王国の第三王子、レイド様。正直、今まで私はレイド様が嫌いだった。乱暴な言葉使いに乱暴な行い、授業態度も悪くて授業中はいつも寝ている。

近付きたくない、学園の問題児だった。だけど今、その嫌いだったレイド様に私の心は救われていた。

「そ、そうだぞ、みんな！　学園は勉強をするところだ。雑談は止めて、ちゃんと授業を聞きなさい！」

先生もレイド様が怖いようだ。明らかに動揺して、教科書が逆さまになっている。

「はあ!?　授業中は寝る時間だろ？　静かにしろ！　寝られねぇじゃねーか！」

助けてもらったと思ったけれど、うるさくて眠れなかっただけのようだ……

教室が静かになり、レイド様は机に突っ伏して寝息を立て始めた。

彼は寝たいだけだったとしても、私の心が救われたのは事実だ。嫌いだなんて思っていて、ごめんなさい……寝ている彼の姿を見ながら、そう心の中で呟いた。

それにしても、眠っている時のレイド様はとても美しい顔をしている。青みがかった白銀の髪に透き通るような白い肌。鼻も高くて、まつ毛も長い。悪い噂さえなかったら、デリオル様なんかよりも騒がれていたと思う。

レイド様のおかげで、授業中に悪口を言われたり、メモを投げつけられる事はなくなったけど、休み時間になると野次馬が集まって来た。

「あの方でしょう？　ロクサーヌ様がいじめられていたなんて、お可哀想。全く反省していないみたいね」

「デリオル様も気の毒ね。幼い頃から、あんな人と婚約させられていたなんて……」

私に聞こえるように、大きな声で悪口を言って来る。面識なんてほとんどないのに、私の何を知っているというのか。悪い噂はすぐに広まり、すっかり学園の有名人になっていた。

ロクサーヌが気の毒……それを言うなら、気の毒なのは私の方だと思う。

デリオル様のお父様であるガーダ侯爵《こうしゃく》は、私のお父様に何度もお金を借りていた。借金が膨れ上がり、返せなくなった侯爵《こうしゃく》は息子のデリオル様が私を好きな事を知って、縁談を持ちかけて来たのだ。

私のお父様は、デリオル様がそんなに娘の事を想っているのならと、その申し出を受け入れた。そして私達は婚約し、お父様は家族になるのだからと借金を帳消しにした。

まだ八歳でしかなかったのに、私はデリオル様のその恋心のせいで、今酷い目にあわされている。普通なら、逆だと思う。私が彼を好きで、借金を帳消しにするかわりに私達が婚約するというのなら分かるけど、どうして私が好きでもない相手と婚約しなければならなかったのか。

(たとえそうであっても、借金を利用して無理に婚約するようなことはしないけど……)

お父様は大がつくほどのお人好しだったから、仕方がないのだと諦めていた。

「あれ見て？　友達が一人もいないのね」

「それはそうよ。かなりの性悪なんだから！」

「私はずっと、ロクサーヌ様とデリオル様がお似合いだと思っていたわ！」

悪口というのは尽きないようだ。そんなに楽しそうに、人の悪口を言っているあなた達は、性悪ではないのだろうか？

「邪魔だ。どけ」

教室の入口に立ったレイド様が、聞こえよがしに悪口を言っていた令嬢達を睨み付けながら言い放った。

「す、すみません……」

レイド様に睨み付けられた令嬢達は、顔を真っ青にしてそそくさと逃げて行った。

レイド様は単に彼女達が邪魔だったから言っただけかもしれないけど、結果的に私が彼に救われたのはこれで二度目ということになる。

それにしても今日はずっとこの調子……いいえ、きっとこれから毎日、私は悪口を言われ続けるのだろう。

王立ガルシア学園。この国で唯一の、貴族の令嬢や令息達が通う学園。

勉強をするのは好きだったし、学園に来れば話しかけてくれる友達がいた。友達だと思っていたのは、私だけだったようだけど。

それでも、邸ではいつも独りぼっちだった私には、楽しい学園生活だった。

邸では出来るだけ使用人と関わらないようにするしかなかった。もし使用人と仲良くしているところを見つかったら、その使用人が処罰されてしまうから。

学園で友達と話すことが、私にとっての唯一の楽しみだったのに、それも全てロクサーヌに奪われた。

十八歳の誕生日まではあと少しだけど、また独りぼっちになってしまった。

お昼休みは、いつも中庭に行く。生徒達は食堂で昼食をとるけど、私にはお金がない。中庭は食堂からは見えないから、誰にも詮索《せんさく》される事がなくて楽なのだ。

「……お腹空いたなあ」

中庭にあるベンチに一人で座りながら、空を見上げてぼーっとする。流れる雲を見ていると、食べ物に見えてくる。……美味しそうなパン。お腹はぐーぐー鳴り、地響きのような音を立てている。

どんなにお腹が空いていようと、夕食までは我慢しなければならない。私の食事は、一日一食。朝食や学園がお休みの日の昼食では基本的に水しか出されない。夕食は前日の残り物で、冷たいまま出されるけど、一日における唯一の食事の為、私にとってはご馳走だ。ずっとこの生活を続けているから、ダイエットは必要ないのがメリット。

ダイエットどころか、あばら骨が見えてしまうくらいガリガリで、お尻にもお肉がない。極めつけに胸も全くない……

「もっと胸が欲しいな……」

空を見上げたまま、胸元を触りながらそう呟く。私だって、年頃の女の子だ。

お腹が空くと、いつもこんなことを考えてしまう。

「肉でも食えば?」

空をぼーっと見上げていた私の顔を、ベンチの後ろから男子生徒が覗き込んできた。

レ、レ、レ、レイド様!?　こんな所にいるはずないのに?

顔を覗き込んできた男子生徒は、レイド様だった。ビックリしすぎて、ベンチから落ちそうになった。

お肉を食べたら、胸って大きくなるの……？　じゃなくて！

「どうして、こんなところに⁉」

生徒達は、この時間にはみんな食堂にいるはず。そう思っていたからこそ、お腹が特大音量で鳴ろうが気にせずにぼーっとする事が出来たのだ。まさかお腹の音どころか、恥ずかしい独り言まで聞かれていたなんて今すぐ逃げ出したいくらいだ。

「あんたこそ、なんでこんなところにいるんだ？　飯を食わないから、デカくならないんだろ」

そう言いながら、ベンチに座る私の隣に腰を下ろした。

デカくって……む、胸のことはもういいから……！

「ダイエットです！」

お金がなくて、食堂に行けないなんて言えない。

「それ以上痩せたら、骨と皮しかなくなるぞ？」

私を見ながら、レイド様が呆れた顔をする。

人が気にしていることを、ズバズバ言って来る。初めて話すのに、遠慮も何もない……

まあ、話したこともないのに、今までレイド様を一方的に嫌っていた私も私だけどね。反省しなきゃ……と、思ったけど。

「そうなったら、結婚も無理だな」

やっぱりこの人、嫌い！

「そういうのが好きな人も、いると思いますけど？」

結婚が無理なんて、婚約を破棄されたばかりの私に言うセリフ？　私はムスッとしながら、レイド様を見る。

「俺は肉が付いてる方が好きだ。行くぞ」

彼はそう言うと、ベンチから立ち上がり、私の手を掴んで歩き出した。

まっすぐ前を見て歩き続ける彼に手を引かれるまま、私も仕方なく歩き始めた。

「え？　え？　あの……手を離して下さい！」

何が起きてるの？　どうしてレイド様が私の手を掴んでいるの？　どこに行く気？　手を引かれている状態では、彼の表情が見えない。

わけが分からないまま、何も説明してくれない彼に連れられて来たのは、学園の食堂だった。

「あの……」

レイド様は私の事を完全に無視している。なのに、手だけは離してくれそうにない。

食堂に入ったのは、入学式の日に校内を案内してもらって以来だ。食堂といっても、王族や貴族の令息令嬢が通う学園なだけあって、高級レストランのように豪華な造りだ。

高い天井に煌《きら》びやかなシャンデリア、テーブルやイスには繊細な細工が施され、床には一面にふわふわな絨毯《じゅうたん》が敷きつめられている。

もちろん、出される料理も一級品だ。……食べた事はないけど。

「おばちゃん、スープとパンと野菜と肉を二人前。適当にみつくろって」

「はいよ！」

レイド様は次々注文し、おばさんが料理を載せてくれたトレイを受け取ると、近くの空いているテーブルに置いた。それからイスを引くと、私をそこに座らせて、自分は向かいの席に腰を下ろした。

周りの生徒達は私達に気付いた様子で、コソコソと噂話を始めている。教室での悪口と違って、声高に言ったりしないのは、レイド様が怖いからだろう。

「私……、お金が……」

目の前に、沢山の美味しそうな料理が並んでいる。こんなに豪華な料理は、もう何年も口にしていない。

レイド様が適当に頼んだ料理は、ほうれん草のポタージュ、焼《や》きたてのクリームチーズベーグル、季節の温野菜、牛ヒレ肉のポワレ。匂いだけでヨダレが出そうなのを、必死に我慢する。

「知ってる。あんた一回も食堂に来た事ないし。理由は知らないけど、あんたの義妹が言ってた事って、本当は全部あんたがされた事なんだろ？」

さっきまで骨と皮になるとか、意地悪くからかっていたのに、急に真剣な顔で話し出す。

どうしてそんな事が分かるの……？　こうして二人きりで話すのは初めてだし、私の事を何も知らないはずなのに……

それでも、真実を分かっている人がいて、私は嬉しかった。

「……」

私は何も言わずに、コクンと頷いた。ロクサーヌが話した事を、嘘だと見抜いた人は初めてだった。みんなあの見た目に騙《だま》される。話し方や仕草でこの人の事を守らなくちゃと思うようになるのだ。

クリクリの焦げ茶色の大きな目に、ふわふわの金色の髪。天使みたいに可愛らしい容姿のロクサーヌを疑う人は今まで誰一人いなかった。

「まあ、食え」

意地悪で、乱暴で、口が悪くて……そう思っていた人が、ちゃんと私を見ていてくれた。今だってぶっきらぼうな言い方なのに、彼の優しさが伝わって来る。

スプーンでスープを掬《すく》い、口の中に入れてみる。

「……温かい」

温かい料理を食べたのは、何年ぶりだろうか。

とても甘くて、とても優しい味。あまりにも美味しくて、ここが天国じゃないかとさえ思えてくる。

「残さず食えよ。残したら、作ってくれた人にも、食材にも失礼だからな」

まだ私が幼い頃、お父様やお母様が言っていたようなことを真面目な顔で口にするレイド様。彼はナイフとフォークを手に取ると、真剣な様子でお肉を切り分けてくれた。

「ふふっ」

「なんで笑うんだ？」

私が笑った理由が分からないようで、面食らった表情をしている。だけど、その顔はなぜだか嬉しそうにも見えた。

まさか、あのレイド様がそんな真っ当なことを言うとは思わなかったし、こんなに優しい人だということも知らなかった。

今日のことも、本当はずっと私を庇《かば》ってくれたのだと気付いた。

「美味しいからです！」

本当に美味しい。こんなに美味しい料理を食べたのは、何時ぶりだろう。

……あれ？　私、笑ってるんだ……

自然に笑えたことが嬉しくて、レイド様の顔を見る。すると、今まで和《なご》やかな空気が流れていたというのに、私の背後を見たレイド様はなぜか急に不機嫌な顔になった。

その時、突然人影が現れ、目の前に水の入ったグラスが乱暴に置かれた。

「マリッサ！　お前、ずっと浮気していたんだな‼」

その人影は、デリオル様だった。グラスからは、水が半分以上こぼれている。

「浮気……とは？」

何故怒っているのかも、何を言っているのかも全く分からない。

レイド様と話したのは今日が初めてだし、婚約を破棄された今、私が誰と食事をしようとデリオル様には全く関係のないことだ。……食事といっても、学食だけど。

「俺が誘っても、一度も学食に来た事なんかなかったじゃないか！　それなのに婚約破棄した途端、他の男と食事か⁉」

それは、デリオル様が私にはお金がないことに気付いていなかったからだ。言い返したいけど、先程のデリオル様の声で、食堂にいる生徒達皆がいよいよこちらに注目している。こんなに大勢の生徒がいる前で、騒ぎを起こしたくない。

「浮気してたのは、お前の方だろ？」

レイド様は頬杖《ほおづえ》をつきながら、蔑《さげす》むような目でデリオル様を見ていた。さっきまで私に見せてくれた表情とは、明らかに違っている。

「な⁉」

事実なのだから、言い返すことなんて出来ないのだろう。デリオル様は図星をつかれて、固まってしまった。

「彼女が何をしようと、お前には関係ない。楽しく食事をしているんだから、邪魔するな」

鋭い目付きでデリオル様を睨み付けるレイド様。確かに、楽しい時間だった。デリオル様が、現れるまでは……

どうして、デリオル様はわざわざ文句を言いに来たのか。

もう放っておいて欲しい。

このままここに居たら、デリオル様はこの場から離れて行きそうにない。これ以上、レイド様に迷惑をかけるわけにはいかない。

急いで食事を平らげ、トレイを持ち席を立つ。レイド様は、黙ってその様子を見ていた。

こんなに良くしてくれたのに、ゆっくり食事を味わうことも出来なかった。それに、迷惑までかけてしまって、申し訳ない気持ちでいっぱいになっていた。

「レイド様、ごちそうさまでした」

軽く頭を下げ、その場から立ち去る。ごちそうしてもらっておいて、こんなに失礼な去り方をしているのに、レイド様は微笑んでくれた。

「おい！　なぜ、俺を無視するんだ!?」

デリオル様の叫ぶ声が虚しく響き渡る。

もう話すことなど、何もない。

私は食堂のおばさんに、『ごちそうさまでした』とお礼を伝え、トレイを返却して食堂から出て行った。

◇
◆
◇

――マリッサが去った後。

「お前さ、何がしたいわけ？」

マリッサの姿を見送った後、レイドはデリオルに疑問を投げかけた。

「……レイド殿下には、関係ありません」

レイドと目を合わせることなく、言い捨てるデリオル。

「確かに関係ないが、俺はお前みたいなやつが大嫌いなんだよ。自分は人を傷付けても平気なくせに、自分が傷付けられたら激怒するなんて、ガキかよ」

言い方こそ静かだが、声に怒りが滲《にじ》んでいる。

「マリッサは、傷付けられるべきなのです！　ずっとロクサーヌを虐《いじ》めていた！　あの女は性悪で、最低な女です！」

レイドの怒りに触発されて、デリオルは声を荒らげる。

「それは、誰が言ったことだ？」

レイドはデリオルの顔を見ながら、はぁ……とため息をついて立ち上がる。

「まあ、いーや。ガキと話しても時間のムダ」

呆れた様子でそう言い捨てると、トレイを片付け、デリオルがこぼしたテーブルの水を丁寧に拭いてから去って行った。それを見計らっていたかのように、デリオルの周りを令嬢達が取り囲んだ。

「デリオル様、大丈夫でしたか？」

「レイド殿下って、怖いですよね。乱暴ですし！」

「マリッサ様ったら、浮気までしていたなんて……本当に最低な方ですね!!」

令嬢達は、デリオルにまとわり付いて媚《こ》びを売りまくる。一途だと思っていたデリオルが婚約者を替えた事で、自分達にもチャンスがあるのではと思っているのだろう。

ロクサーヌは可愛らしい見た目ではあるが、飛び抜けて美人というわけではない。どちらが美人かといえば、誰が見てもマリッサの方が美しかった。感情を表に出さず、笑うこともなかったから、冷たい印象ではあるが。

今までマリッサには勝てないと思っていた令嬢達だったが、ロクサーヌには勝てると思ったのだ。

「マリッサ様は、デリオル様と一緒に居る時よりも楽しそうにしていましたね。絶対に、このまま許してはなりません。デリオル様をバカにした、マリッサ様に思い知らせるのです」

喧騒《けんそう》にまぎれて、デリオル狙いの令嬢達とはどこか雰囲気の違う令嬢が、デリオルの耳元でそう囁《ささや》いた。

「そうだ、マリッサは最低だろ!? 何なんだ、あの笑顔は！ あの女、浮気した挙句に俺を無視しやがって……絶対に許さない!!」

怒りで拳《こぶし》を震わせながら、デリオルはマリッサが去って行った出口を見つめていた。

第三章　ロクサーヌ登場

教室に戻ると、さっきの食堂での騒動が既に噂になっていた。すぐに戻って来たはずなのに、噂になるのが早すぎる。

「マリッサ様ったら、浮気までしていたんですって！」

「食堂で、レイド殿下と笑い合っていたそうよ！」

「私達の前では、笑った事なんてないのに……、結局はただの男好きじゃない!!」

「デリオル様も気の毒だな。浮気する女なんか、最低極まりない！」

デリオル様に責められた時は私も驚いたが、『笑っていたから浮気』と言われるのは納得がいかない。

けれど今は、悪口が少し増えたくらいなんとも思わない。一度は心が折れそうになったけど、レイド様のおかげで本来の自分を取り戻すことが出来た。

もう、弱気になったりしない。私は平然とした顔で、自分の席に着いた。

「気にしない方がいいよ。あの人達は、マリッサが不幸になって、優越感に浸《ひた》っているだけなんだから！」

こちらを振り返って話しかけて来たのは、前の席に座っているレイチェルだ。レイチェルは、一年生の頃から私と仲良くしてくれている。午前中は姿が見えなかったから、今日は午後から登校して来たようだ。

「レイチェル……ありがとう」

レイチェルだけは変わらずにいてくれて、心が温かくなった。

「ごめんね。私が遅刻したせいで、マリッサを独りぼっちにしちゃった……」

目を伏せ、今にも泣き出しそうな顔で謝ってくれるレイチェル。謝る必要なんてないのに、本当に心が優しい子だ。

「ううん、レイチェルがいてくれて良かった！」

心からそう思えた事で、私はまた自然と笑顔になっていた。

「え……マリッサが、笑ってる？　初めて見た！　可愛い！」

レイチェルは驚きながらも、私の手を握って喜んでくれる。今まで笑えなかった私が、今日は二度も笑顔になれた。これもレイド様のおかげだと思う。

「ごめんね、レイチェル」

レイチェルに、きちんと謝らなくてはならない。私はずっと自分を押し殺して生きてきた。邸でも学園でも、目立たないようにとばかり思っていたから、友達とも距離を置いてきた。

そんな私に、変わらず声をかけてくれたレイチェルをこれからはもっと大切にしたい。

「私はずっと、あなたと距離を置いていたの。だけどこれからは、レイチェルと本当の友達になりたい」

こんな事にならなければ、完全に心を開く事は出来なかったかもしれない。そう思うと複雑な気持ちだ。

「私は、マリッサとは本当の友達だと思って付き合ってきたよ。マリッサの気持ちがどうとかは、関係ないの。大切なのは、私がマリッサを大切な友達だと思っている事だから、これからもそれは変わらないよ」

そう言って、屈託《くったく》のない笑顔を向けてくれたレイチェルが眩《まぶ》しかった。

ずっと思っていた。いつも笑顔で可愛いレイチェルのように、笑えたらいいなって。

レイチェルに見とれていると、鋭い舌打ちが聞こえた。

「おい、浮気女！　学園の恥だから、消えてくれ！」

楽しそうにしている私が気に入らなかったのか、隣の席の男子生徒が文句を言って来た。直接言われたのは初めてで、新鮮だ。不思議と辛くはない。レイド様や、レイチェルが居るからだと思う。

「消えるのは、あなたでしょう!?　私の親友に、変な言いがかりを付けないで！」

レイチェルの気迫に驚いた男子生徒は、イスに座ったまま後ずさりしている。

レイチェルをこんなに頼もしいと思ったのは初めてかもしれない。というのも、今までのレイチェルは大人しい部類の女の子だったからだ。私以外の生徒に、こんなにはっきり物事を言うところは見たことがなかった。私の為に怒ってくれて、嬉しい。

「……ありがとう、レイチェル」

私には、こんなに素敵な親友がいる。それだけでこれから誰に何を言われても、平気で居られる気がする。

「マリッサが浮気なんかするはずないもの。それにしても、みんなはどういうつもりなのかな。いっせいにマリッサを敵視し始めるなんて、少しおかしくない？」

確かに、その通りだと思った。

婚約を破棄されてから、ロクサーヌを虐《いじ》めていたとか、浮気をしたとか……あまりにも、噂が広まるのが早過ぎる。悪口を言うのは決まって同じ生徒で、他の生徒はそれを聞いて頷いているだけだ。それに、生徒だけじゃなく、先生達からも嫌われている理由が分からない。あれこれ考えていると、なんだか教室の入り口が騒がしくなった。

「……ロクサーヌ？」

騒ぎの中心にいたのはロクサーヌだった。

ロクサーヌは二年生だ。二年の教室は三年の教室とは階が違う。わざわざ三階まで来たという事は、デリオル様に会いに来たのだろうけれど、デリオル様は隣のクラスだ。

私が教室に居るのを確認したロクサーヌは、私の席までゆっくりと歩いて来た。

「お義姉《ねえ》様……浮気をしてらっしゃったのですか？　デリオル様が、お可哀想……」

ロクサーヌも既にその噂を知っているようだ。

泣きそうな顔をしながら、声を震わせるロクサーヌ。ここまで演技が上手いと、私まで騙《だま》されてしまいそうになる。

ロクサーヌとは直接面識がなかったはずのクラスメイトも、何故か彼女の周りに集まっている。

「……」

私は、何も言わなかった。言い返したら本性を知られてしまうし、謝ったら浮気を認めた事になり、レイド様に迷惑をかけてしまうと思ったからだ。

「なんとか言いなさいよ！」

「ロクサーヌ様を泣かせて平然としてるなんて、まるで悪魔ね！」

「あなたがレイド殿下と親しそうに話していたのを、みんなが見ているのよ‼」

取り巻きたちがギャーギャー言う中で、ロクサーヌ本人は顔を両手で隠して泣き真似をしている。

「誰が浮気したって？　俺達は今日、初めて話したんだけど？」

教室に戻って来たレイド様が、私とロクサーヌの間に割って入った。こちらからは背中しか見えないけど、私の事を守ってくれているようでドキッとする。

「……確かに、二人が話しているところを見たのは初めてじゃない？」

毅然《きぜん》としたレイド様の言葉を聞いて、誰かがそう言うと……

「そうね……一緒に居るところは、今日初めて見たわ」

「浮気……とは、言えない気もして来た」

レイド様の言葉で、教室の雰囲気が変わり始めた。

「今までは、隠れて会っていたのでしょう？　デリオル様が、お可哀想……」

このままではまずいと思ったのか、泣いていたはずのロクサーヌが口を開いた。

「私はどんなに酷い事をされても我慢出来ます！　でも、お願いだからデリオル様の事は傷付けないで！」

ロクサーヌの迫真の演技に、パチパチパチと拍手が沸き起こった。可哀想なロクサーヌが、自分を虐《いじ》めていた私に気丈に言い返したというところなのだろう。しかも、ご丁寧にデリオル様を想う優しい女の子まで演じている。

周りの生徒達は、それに気付くこともなく、よく言った！　と拍手をおくっている。ロクサーヌの迫真の演技で、教室の雰囲気は元に戻っていた。

「……すげー演技だな。恥ずかしくないのか？」

レイド様がボソッと言った言葉に、思わず笑いそうになってしまった。

クラスメイト達が簡単に信じてしまう程のロクサーヌの演技を目の当たりにしているのに、レイド様は私を信じてくれる。

ダメよ！　ロクサーヌの前で本当の性格を出したら終わりよ！　そう言い聞かせ、私は無表情の顔をキープするのに必死だった。

「そろそろ授業が始まるわ。ロクサーヌ様も、教室に戻られた方がよろしいのではないですか？」

レイチェルが、さりげなくロクサーヌを追い払ってくれた。結局、デリオル様が姿を見せることはなく、ロクサーヌは私を貶《おとし》めるために三階まで来たようだ。

ロクサーヌが姿を現した事で、他の生徒達は私の事をいっそう嫌いになったようだった。

第四章　マーカスからの手紙

その日の授業が終わって邸に帰ると、門番がこっそり手紙を渡して来た。

手紙は私のせいで解雇された元執事のマーカスからのものだった。さっそく読もうと自室である物置部屋へ急いでいると、途中で叔父が呼んでいると使用人が知らせに来た。

待たせれば何をされるか分からない。私はそのまま、叔父の待つリビングへ行くことにした。

「ただいま帰りました」

リビングの入口で立ち止まり、帰宅の挨拶をする。私は、中に入ることを許されていない。リビングは家族で寛ぐものだから、私を家族の一員だと認めたくないようだ。

「お前、レイド殿下と仲良くしていたそうだな」

私の顔も見ずに、背中を向けてリビングのソファーに座ったまま話す叔父。その隣で、叔母は本を読んでいる。

情報が伝わるのが早すぎるけど、ロクサーヌが話したのだろうか？

「……レイド様は、昼休みに食事をしていない私を気遣ってご馳走して下さっただけです」

中に入ることをゆるされていない私は、入口に立ったまま答える。

「なんだと⁉　お前は私がケチだとでも言いたいのか⁉」

ソファーから立ち上がってこちらを振り返り、凄い剣幕《けんまく》で怒り出した叔父は、手に持っていたワイングラスを投げつけた。

ワイングラスはガシャンッと音を立てて、私のすぐ横にある壁に当たって割れた。グラスに入っていた赤ワインが、壁を流れ落ちていく。外れたのか、わざと外したのかは分からないけど、叔父の怒りはそれだけではおさまらない。

「お前なんか、すぐに追い出してもいいんだぞ！　それを兄上の忘れ形見だから育ててやっているというのに、この恩知らずが!!」

叔父がこれほど激怒しているというのに、なんの反応もせずに本を読み続ける叔母。叔父が私に向かって怒鳴ることに、慣れきっている。

「……申し訳ありません」

泣きそうな表情を作って、怯えるフリをする。叔父が怒りに任せて物を投げつけるのは、日常茶飯事だった。正直、これくらいではもう動じない。それでも私が怯えなければ更に酷い事をしてくる。だから私は、いつも怯えるフリをしている。

『兄上の忘れ形見』……そんな扱い、された事なんかない。

叔父が、私にはお金を使いたくないことは知っている。叔父の養子になってから、最低限の学用品以外の物を買ってもらった記憶はない。むしろ、奪われて来た。

ドレスも宝石も家具も、ぬいぐるみさえ全て私から奪ってロクサーヌに与えた。お父様とお母様から買っていただいた物を、ひとつも残してくれなかった。

「とにかく、これからはレイド殿下と関わるな。そろそろお前も十八歳だ。十八歳になったら、この邸を出て行ってもらう」

気が済んだのか、叔父はまたソファーに腰を下ろした。

……出て行くのは、叔父達の方だ。

叔父が誕生日になれば私を追い出せると思っている限り、私の命は安全だ。

その日の為に私が準備しているのを悟られてはならないと、改めて気を引き締める。

その時、馬車が敷地内に入ってくる音が聞こえて来た。叔母はここに居るのだから、ロクサーヌの馬車だろう。

ロクサーヌが今帰宅したのなら、叔父はレイド様の事を誰から聞いたのだろうか……

「お父様、ただいま。聞いてよ！　マリッサったら、レイド殿下と昼食なんかとっていたのよ！」

やっぱり、叔父に話したのはロクサーヌではないらしい。

ロクサーヌは、入口に立っている私を無視してリビングに入って行った。

「おお！　お帰り、ロクサーヌ。今、その事を話していたところだ。それで、お前には伝えていなかったが、もうすぐマリッサはこの邸を出て行く事になる」

さっきまで激怒していた叔父は、ロクサーヌの顔を見るとすぐに笑顔になった。

「ほんと!?」

一転、ロクサーヌは目を輝かせて喜ぶ。私はこの邸で自分を殺して生きてきた。叔父やロクサーヌにどんな仕打ちをされても、逆らった事はなかったはずだ。正直、どうしてこんなに彼らに嫌われているのか分からない。

「マリッサは、部屋に戻りなさい」

用が済んだらもう私の顔を見たくないらしい。叔父は犬にでもするように、右手でシッシと追い払う仕草をする。叔母は終始、私の存在を無視していた。

「……はい」

追い払われるのは慣れているし、暴力を振るわれるよりはマシだ。素直に部屋に戻る事にする。

「待って、マリッサ。明日の夕食にデリオル様を招待したの。デリオル様ったら、朝も昼も夜も、私と離れたくないんですって！　愛され過ぎて困るわ」

だから何だと言うのか。ロクサーヌは、私がデリオル様を好きだとでも思っているのだろうか？

マウントを取るかのように、わざわざ惚気《のろけ》てみせる。

「おめでとう。デリオル様と幸せになってね」

私は冷静に答えた。

ロクサーヌは私に近付いてきて、耳元に顔を寄せた。

「マリッサのものは、私が全て奪ってあげる。だってあなたみたいな女、誰にも愛されるはずないでしょう？」

ロクサーヌは、私が幸せになることを許さない。この邸での私の居場所も全て奪った。

心の拠《よ》り所だった大切な花壇を踏み潰されてぐしゃぐしゃにされた時に、この邸で大切な物を作るのはやめようと決めた。もう奪うものがなくなったから、ついには婚約者を奪う事にしたのだろう。その上で、学園での居場所まで奪おうとしている。

「そう……では、失礼します」

私のものを欲しがっているだけの子供。そんなロクサーヌに構っている暇はない。早く物置部屋に戻って、マーカスからの手紙を読みたい。私は、背中を向けて歩き出す。

「なんなのよ、あの態度は！　あんなんだから、みんなに嫌われるのよ！　お父様にも見せたかったわ！　学園の嫌われ者のマリッサ！　おかしいったらないのよ」

そう仕向けたのはあなたじゃない。

物置部屋に戻った私はイスが無いので床に座り、手紙を読み始めた。手紙には、私が十八歳になった時にするべきことが書かれていた。書類は全てマーカスが揃えてくれているようだ。解雇されてもずっと私の事を心配して、何度も手紙をくれたマーカスには感謝しかない。

十八歳になるまで、あと十日。もうすぐ私は、自由になれる。

第五章　謝れと言われました

マーカスのおかげで、昨日はぐっすり眠る事が出来た。ベッドか無いので少し体が痛いけど、いつもの事だ。

相変わらず水しか出されないであろう朝食をとりに、食堂へ行き、テーブルに着く。叔父と叔母、そしてロクサーヌは、楽しそうに雑談しながら私の前で豪華な朝食を食べている。

一緒のテーブルに着いているのに、誰一人私を見ようともしない。私の前に置かれたグラスの中の水には、私自身の顔が映し出されていた。水面に揺れる自分の顔を見ながら、苦痛でしかない朝食の時間を過ごす。

朝食の間、私は声を出す事も音を立てることも許されない。息を殺しながら、叔父達が食事を終えるまでじっと待つだけだ。

苦痛な時間を終え、馬車に乗り込み、学園へ登校した。学園に行けば、また悪口の嵐が待っている。

それでも、息を潜めてビクビクしながら過ごさなければならない邸に比べれば、レイチェルとレイド様のいる学園は天国のように思えた。

学園に到着すると、デリオル様が門の前に立っていた。相変わらず沢山の令嬢達に囲まれている。

顔しか取り柄が無いデリオル様が、どうしてこんなにモテるのか疑問だ。

ロクサーヌを待っているのだろうか？　そう思いながら、馬車から降りてデリオル様の横を通り過ぎようとした。

「挨拶くらいしろ」

デリオル様はそう言って私の前に立つと、通さないと言わんばかりに道を塞いだ。

もう私に関わらなければいいのに、どうして話しかけてくるのだろうか。

「おはようございます」

これ以上絡まれるのも面倒だから、挨拶くらいはしてあげる。そのまま歩き出そうとすると私の腕を掴んで、デリオル様がさらに続けた。

「なぜ、俺を裏切った？」

その言葉、そのまま返してさしあげたい。裏切ったのはデリオル様の方だ。

義理とはいえ、妹のロクサーヌを選んだ。自分がしたことを省《かえり》みず、何故私ばかりを責めるのだろうか。

それに、私が本当にレイド様と何かあったとして、今更なんだと言うのだろうか。もう婚約者でもなんでもないのに、責められる意味が分からないし、デリオル様にはそんな資格はない。

自分のした事を棚に上げて、私に謝罪しろとでも言いたいのだろうか……

心の中でそう思っていても、無害な令嬢を演じ続けなければならないから口には出せない。

内心の反感を悟られないように、私は静かに口を開いた。

「裏切っていません。離して下さい」

そう言うと、私の腕を掴む手に更に力がこもった。私の言葉など、最初から信じていないと言わんばかりだ。

「ロクサーヌを散々いじめてきたくせに、浮気までしていたのか⁉　謝れ！　地面に両手をついて謝れ‼」

腕を思い切り引っ張られ、地面に引き倒される。打ち付けた左手の手首がジンジンするが、痛いと訴えたところで激高したデリオル様に嘘をつくなと言われるだけだろう。

これ以上刺激しないよう、ゆっくりと見上げると、怒りで顔を真っ赤にしたデリオル様が私を見下ろしていた。

そこに、この状況とは不釣り合いな甲高い声が響き渡った。

「デリオル様！　私を待ってて下さったのですか？　あら、お義姉《ねえ》様？　地面に這いつくばって、何をなさっているの？」

今登校して来たロクサーヌは、私の様子を見ても平然としている。そして誰も、ロクサーヌのそんな様子をおかしいとは思っていない。確か私がロクサーヌを虐《いじ》めていたという設定なのに、まるでそんなことはどうでもいいみたいだ。

「ちょうどいい。ロクサーヌも来たことだし、俺達二人に謝ってもらおうか」

デリオル様もおかしいとは思わないのだろうか。先程、『ロクサーヌを散々いじめてきた』と言っていたのに、私を見ても怯えもしないロクサーヌの事を信じているというのか。違う。

デリオル様の目には、『裏切った』私の姿しか映っていない。本気で私が浮気をしていたと思い込んで、怒りで周りが見えなくなっている。そんなに謝って欲しいなら、いくらでも謝ってあげる。

だけどそれは、悪いと思っているからじゃない。

もう二度と、デリオル様と関わりたくないからだ。

私が地面に倒され、地べたに這いつくばっている姿を見ながら、周りにいる令嬢達はクスクスと笑っている。

私があなた達に、何をしたというのだろうか。こんな姿を、こんなふうに笑われなければならない程の罪を犯したのだろうか。

笑いたければ、笑えばいい。

こんなことで、私は負けたりしない。

こんなことで、私の心は折れたりしない。

私は両手を地面につけ、ゆっくりと頭を下げた。

「……申し訳……ありませんでした……」

頭を下げてもなお、令嬢達の笑い声は聞こえてくる。私は頭を下げたままそれに耐え続ける。プライド？　そんなもの、両親が亡くなった時に捨ててしまった。叔父夫婦の機嫌を損ねないように生きてきた私に、プライドなどという大層なものは残っていない。

デリオル様はそんな私の姿を見て満足したのか、何も言わずにロクサーヌと一緒に校舎に入って行った。私は下げていた頭を少し上げ、周囲の様子をうかがった。ロクサーヌは、終始ニヤニヤしていた。

それを確認した私はようやく立ち上がると、服についた土をはらった。

これで、今日の夕食の席でロクサーヌに文句を言われる事はないだろう。今日の事を、叔父達に嬉しそうに話すに違いない。私の不幸話をしている間、私自身はゆっくり食事を味わう事が出来る。

あと少しの我慢だが、その『あと少し』が辛い。

……なんて、弱気になっちゃダメ！　強く生きなくちゃ！　教室に行くと、昨日よりも聞こえよがしな悪口が増えていた。

耳に入らないフリをして、自分の席に座り教科書を開く。本を読むフリが出来れば良かったけれど、本なんて買うお金がない。

「あれ見た？　地面に這いつくばるなんて、プライドはないのかしら？」

「見た見た！　デリオル様とロクサーヌに謝っていたのでしょう？　自業自得ね！」

「あの子、生きてる価値あるのかしら？　死ねばいいのに」

お父様やお母様と一緒に、事故で死んでいたら良かったと思った事は何度もある。

どんなに辛くても、誰かに話す事も相談することも出来なかった。叔父達に気に入られようと努力もして来た。どんなに頑張っても、こんなふうに言われてしまうなら、私はどうすれば良かったの？

私の気持ちを、理解して欲しいなんてもう思わない。私が嫌いなら、それで結構。

生きてる価値？　そんなもの、生まれて来た事そのものよ！　と言いたいけど、我慢我慢。

悪口にどんどん拍車がかかり、それだけでは飽き足らず……バシャッ……と、バケツの水を頭からかけられた。

水をかけられる気配は感じていた。だけど、抵抗するわけにもいかない。大人しく、水をかけられるしかなかった。ビショビショになりながらも、そのまま教科書を読み続けた。

「何あれ……」

「ただの水じゃなくて、泥水にすればよかったな」

「やだー！　床がビショビショじゃない。本当に疫病神《やくびょうがみ》だわ」

私が何かしても、何もしなくても、結局は悪口を言われるみたいだ。

レイド様が教室に入って来ると、私の姿を見てギョッとした。そのまま近付いて来て、私の手を引いて教室を出る。

……これって、昨日と同じ？　そう思ったけど、昨日とは全然違う。

レイド様は、怒っているようだ。それも、ものすごく……

「あの……レイド様、ごめんなさい！」

「何で謝るんだ？」

そう言いながらも、レイド様は足を止める気はないようだ。

「怒っていらっしゃるようなので……」

「あんたに怒っているわけじゃない」

そう言われても、私のせいで怒っていることくらいは分かる。それ以上、何も言うことが出来ないまま、レイド様に手を引かれ連れてこられた場所は、生徒会室だった。

「どうして、ここに……？」

レイド様はノックもせずにドアを開け、中に入って行く。

「お待ち下さい！　どのようなご用件でしょうか？」

部屋の中に居た生徒会の女子生徒が、レイド様の前に立ちふさがると、レイド様は一旦足を止めた。

「彼女に合ったサイズの、新しい制服を出してくれ。それと、タオルも頼む」

頼んでいる態度ではないような……

生徒会室に、制服があるとは思えないけど、どうしてここに来たのだろうか。

「それは、生徒会長の承諾がないと……」

「それなら、早く承諾をもらって来い！」

「はい……」

「その前に、タオル！」

「はいぃぃ！」

レイド様が声を荒らげると、女子生徒はタオルを棚から取ってレイド様に渡し、会長のもとへ走って行った。

「風邪引くぞ」

頭にふわりとタオルが乗せられた。キツめの口調とは裏腹に、タオルで優しく私を包み込む。

「ありがとうございます……」

髪も制服もビショビショなのに、何故かすごく暖かい。タオルで髪を拭いていると、先程の女子生徒が戻って来て、隣の部屋から新しい制服を持って来た。

「どうぞ。着替えは、こちらの部屋を使って下さい」

制服を渡され、小さな個室に案内された。レイド様はこくりと頷くと、その場で待機してくれた。

案内してくれた女子生徒は、そのままドアを閉めて出て行った。

言われるがまま、個室で新しい制服に着替え、生徒会室に戻る。

「制服とタオルを、ありがとうございました」

女子生徒にお礼を言うと、彼女は不機嫌そうにしていた。

「教室に戻るぞ。ああ、制服代は父上に請求してくれ。それと、放課後に取りに来るからこの制服を乾かしておいてくれ」

レイド様は、濡れた制服を女子生徒に渡す。まるで使用人のような扱いだ……

「制服代の請求を、こ、国王陛下に⁉」

濡れた制服を素直に受け取ったまま目を見開いて驚いている女子生徒を無視して、レイド様はさっさと生徒会室を出て行ってしまった。

「あの……お世話になりました！」

深々と頭を下げてから、急いでレイド様を追いかける。

◇◆◇

――マリッサとレイドが出て行った生徒会室に、別の人影が現れた。

「会長、よろしかったのですか？」

「構わないわ。あんな姿でうろつかれたら、学園の品位が下がってしまうもの。もう、マリッサは終わりなのだから、慈悲くらいはかけてあげないとね」

「それにしても、なぜレイド殿下はあのような者を助けるのでしょうか？」

「放っておけばいいわ。レイド殿下も、学園のゴミよ」

◇◆◇

「待って下さい！」

レイド様を呼び止めると、ピタリと足を止めてくれた。廊下を歩くのが速すぎて、私は息切れをしている。

「はぁはぁ……あの、ありがとうございました。でも、どうして生徒会室に制服があることをご存知だったのですか？」

レイド様は、少しだけ考える仕草をした後に話し出した。

「入学式に俺が普通の服で登校したら、生徒会室で制服に着替えさせられたんだ。あそこには、突然誰かが転入して来ても大丈夫なように、制服がストックされている」

なんともレイド様らしいエピソードではないか。

その時のレイド様の不機嫌そうな顔が、目に浮かぶ。

「そんな事があったのですね。あ、制服代……」

支払わなければと思ったけど、私にはお金がないし、叔父が出してくれるとも思えない。

「あんたに、金がないのは知ってるし。父上に、出世払いしてくれ」

そう言いながら、レイド様はまた歩き出した。レイド様には、感謝しかない。私に関わる必要なんてないのに、こうしていつも助けてくれる。

教室に戻ると、それまで多くの生徒が話をしていたのに、レイド様の姿を見て静まり返った。レイド様はそのまま教室に入り、ガンッと壁を殴りつけた。その音に、生徒達がビクッとする。

「……二度とするな」

低い声で怒りを滲《にじ》ませて発した声は、怒鳴り声よりも恐ろしかった。

あの時私は、バケツに水が入っていると分かっていて、わざと水をかけられた。そんな私の為に怒ってくれている彼に、申し訳ない気持ちでいっぱいになっていた。

自分の席に戻ると、床にあった水溜《みずた》まりがなくなっていた。

「もしかしてレイチェルが、拭いてくれたの？」

前の席に座るレイチェルの肩をツンツンすると、レイチェルは振り返って大きく頷いた。

「教室に来たらびっくりしたよ。マリッサの机も床もビショビショだし、マリッサはいないし。こんなことしか出来なくて、ごめんね」

「ううん、凄く嬉しい。ありがとう」

「それにしても、バケツで水を頭からかけるなんて酷いことするよね。新しい制服があって本当に良かったね！　濡れたままじゃ、風邪を引いちゃう」

まるでその場面を見ていたみたいに話すレイチェルに、違和感を覚えた。机も床もあんなに水浸しだったのだから、何かの道具を使った事は分かる（それがバケツなのだと推測は出来る）としても、頭から水をかけられて新しい制服を着ていると何故分かったのだろうか。まるでどこかからずっと見ていたようだ。

……いや、きっと、誰かから聞いたのね。レイチェルを疑うなんて、私って本当に最低。

第六章　レイド様の噂の真相

午前の授業が終わり、いつものように中庭のベンチに座る。『私がケチだとでも言いたいのか』なんて言っていたのに、結局お昼代すらくれない。叔父は今まで通り私にお金を渡す気はないようだ。

それにしても、今日は寒いな……

「クシュンッ!!」

水をかけられたからだと思っていたけど、空気が冷たくなっている。そろそろ寒くなって来たから、お昼は教室で過ごさなきゃとは思うけど、誰かに見られているような気がして落ち着かない。

あと九日だし、我慢出来るかな。

「またここにいるのか？」

「レイド様……」

昨日と同じように、レイド様が話しかけて来た。レイド様は私の隣に座ると、空を見上げる。

そして、袋に入ったパンを私の方に放った。

「ほら、食え。それは、食堂のおばちゃんからだ」

パンを放った後、また空を見上げている。

「え？　どうして食堂のおばさんが？」

「昨日、あんたが本当に美味そうに食べてくれたからだってさ。食べに来てくれて、ありがとうって言ってた」

その言葉を聞いただけで、涙がポタリと落ちた。

こんなに、心が温かい人達がいるなんて……レイド様といい、レイチェルといい、食堂のおばさんといい、私には優しくしてくれる人がいる。

今までどんなに辛い目にあっても、決して涙を流すことのなかった私の目から、勝手に涙が零《こぼ》れる。

「……ありがとうございます……レイド様は、どうして私に優しくして下さるのですか？」

私とは、昨日まで話したこともなかったのに。

「俺と同じ……だからかな」

空を見上げていた視線が、真っ直ぐに私を見た。どこか悲しげで寂しげな目に、ドキッとしてしまう。

「同じ、とは？」

レイド様も養子？　そんな話、聞いた事はない。

「あんたは義妹に、俺は兄に貶《おとし》められたんだ」

寂しげな目をしていた理由は、どうやらお兄様だったようだ。

「貶《おとし》められた……？」

「父が『次の王は三人の兄弟で競わせて決める』と言ったのがきっかけだった。それまで仲が良かったはずの俺達兄弟は、その日を境にライバルとなった」

王位継承権争い……王座というのは、人を狂わせるものだという記述を何かで読んだことがある。レイド様は、凄く辛そうな表情をしている。

「俺は王位になんか興味はない。そう断言した。だが、兄達はそれを信じなかった。俺の噂、知ってるだろ？　乱暴で素行が悪く、すぐ暴力をふるう危険な奴って」

「レイド様のお兄様達が、噂を広めたのですか⁉」

私……最低だ。レイド様は私を信じて下さって、助けて下さったのに、一方の私は噂を信じてレイド様を嫌っていた……

「まあ、その噂のおかげで、俺はだいぶ楽にはなったけどな。授業中は寝れるし、元から口は悪いから怖がって誰も寄ってこないし、勉強しなくても怒られない。今は、かえって自由になれたような気がしてる」

諦めたように笑うレイド様は、儚《はかな》げに見える。

本当はとても心が温かくて、お優しい方。私にとってのロクサーヌは、私を貶《おとし》めることを平気で……いいえ、楽しんでやると分かっているけど、レイド様はきっと、お兄様を愛し、信じていたのだろう。だから、そんなに悲しい顔を……

「私とレイド様は違います！　私は、自分のことしか考えていません！　叔父夫婦も、ロクサーヌも、みんな追い出そうと思っていますし、デリオル様には莫大な慰謝料を請求して借金を全額返済していただくつもりです！　私は、これまでされたことを仕返ししたくて、うずうずしているような悪党です‼　はぁはぁ……」

勢いで、息継ぎすることなく一気に言ってしまった。レイド様はきっと呆れている……

「ぷッ……あはははははっ‼　自分を悪党だとか……ぷぷっ……」

予想に反して、めちゃくちゃ笑われた。私、何か面白い事を言ったかな……ポカンとした顔で、レイド様を見つめていると……

「悪い。あまりにもあんたのキャラが変わったから。だけど、あんたはそれほど辛い目にあってきたって事だろ？」

目をじっと見つめ、頭にポンと優しく手を乗せてくれた。私はすっかりレイド様から、目をそらすことが出来なくなっていた。どうしてこの方は、私の気持ち全てを分かってくれるのだろうか……

「追い出すか……てことは、もうすぐ十八歳になるんだな」

「どうしてそれを？」

そんなにズバズバ言い当てられたら、全てを知る神か何かなのかと思ってしまう。

「俺はこれでも王子だ。この国の貴族のことは、全員把握している。あんたは十八歳になれば、後見人なしで正式に侯爵《こうしゃく》となれる」

もしかしたら、この方はものすごく優秀な方なのでは？　この国は、男女の区別なく爵位を継ぐことが出来る。当主の長男、または長女がその爵位を継ぐ。そして、その人物が十八歳未満であれば後見人が必要とされる。理由は、議会に出席出来る年齢が十八歳からだからだ。

叔父本人が侯爵《こうしゃく》だと、ほとんどの生徒達は思っていて、その爵位を継ぐのは養子の私ではなく娘のロクサーヌだと勘違いしているようだ。デリオル様も、その一人。

それは、仕方のない事ではある。私が八歳で侯爵《こうしゃく》になった時、みんなもまだ子供だった。叔父が代理人として侯爵《こうしゃく》をずっと名乗って来たのだから、そう勘違いするのも無理はない。

王家と貴族では事情が違うのは分かっているけど、長子が跡を継ぐという法律があるのに、国王様はどうして兄弟を競わせたりするのだろうか。

「レイド様は、どうして王位に興味がないのですか？」

王位に……というより、レイド様は何に対しても興味がないように思える。だけどそれは、お兄様に王位に興味がない事を信じて欲しかったという心の表れなのかもしれない。

「う～ん。ガキの頃から、兄のゼントが王になるものだと俺は思っていたし、民を一番に考える兄を尊敬していた。それに今でも、兄が王に相応《ふさわ》しいと思っているからだ」

お兄様の話をする時のレイド様の顔は、イキイキしている。貶《おとし》められたと言っていたのに、王としてのゼント殿下の話をしている時は、瞳に尊敬の念が込められている。

「……これは私の考えなのですが、お兄様達はレイド様を貶《おとし》める為に噂を流したわけではないのでは？」

「どういう意味だ？」

「先程、レイド様は仰《おっしゃ》っていましたよね。その噂のおかげで楽になったし、自由になれたと。お兄様達は、レイド様を王家のシガラミから解放し、自由にしてさしあげたかったのではないでしょうか。レイド様が、お兄様を今も尊敬していることは、私にも伝わって来ます。お互いに思い合っている兄弟だと感じます」

国王様は、兄弟同士で競わせて争わせたかったのではなく、兄弟が相手をどう想って、どう行動するのかを見たかったのではないかと思った。

「そんな事、今まで考えもしなかった……。あんた、すげーな！」

私がすごいのではなく、レイド様がとても心が温かい方だったから、きっとお兄様達も温かい……そう思っただけだった。

レイド様は心が晴れたのか、今までとは違う太陽のような明るい表情になっている。少しは私も、レイド様の力になれたのかもしれないと、嬉しい気持ちに包まれた。

第七章　驚きの婚約発表

授業が終わり、邸に戻ると……

「遅かったな、マリッサ」

デリオル様が来ていた。

今日は彼が邸に来るという事を、完全に忘れていた。せっかくいい気分だったのに、これで台無しだ。

「マリッサ、お客様が来るというのに、随分遅かったな。食事の用意が出来ているから、そのまま席に着きなさい」

叔父が冷たい口調で命令する。私は、いつも通りの時間に帰って来た。馬車が少し壊れているから、ゆっくり走らせないとドアが外れてしまう。だから、時間がかかるのだ。

どうやら私を物置部屋に行かせないために、早めに夕食を用意したようだ。

言われた通り、そのまま着替えずに手を洗ってから席に着く。

「お父様、お母様、お義姉《ねえ》様、私達……来月結婚します！」

いきなり、そんなことを言い出したロクサーヌ。他の令嬢達にデリオル様を誘惑されるかもと、危機感を覚えたのかもしれない。

「随分と急だが、二人がそう決めたのならもちろん賛成だ」

叔父は、私には見せたことがない笑顔をデリオル様に向けている。

「今日はお祝いね！　マリッサも沢山お食べなさい！」

叔父の隣で、叔母は上機嫌でワインを飲む。

沢山……という事は、今日は、お腹いっぱい食べられそう！　次々に料理が運ばれて来る。その料理を次々に平らげていく。叔父も叔母もロクサーヌも、私を睨み付けているけど、全く気にならない。だって、夕食をこんなに食べられるのは何年ぶりだろうか！

「お前……食い意地が張って、意地汚いな……」

デリオル様も、私を蔑《さげす》んだ目で見つめる。

意地汚い？　上等だ！　私がどんなに飢えていたかも知らないくせに、私にたかろうとしていたあなたがそれを言う？　食事は食べられる時に食べて置かなくてはならないの！

「すまないね。マリッサは、食い意地がはっているから、見苦しいだろう？　ロクサーヌを見習えばいいのだが、甘やかしたせいでこんなに無様な娘になってしまった」

叔父の言葉は所々、嫌味を通り越して悪口になっている。甘やかされた覚えなんて全くない。無様でも何でも構わない。好きなように思えばいい。

「ロクサーヌを虐《いじ》めるような女ですからね、もう何をしても驚きませんよ」

四人が私を見る目は、まるで汚いものを見るような目。どこまでもおめでたいデリオル様は、養子の私が義理の両親の前で実の娘であるロクサーヌを虐《いじ》めていたと本気で思っている。

少し考えれば分かりそうなものなのに、この状況を見ても分からないなんて……

この後、デリオル様が帰った途端にこれまでにないくらい叱られた。三人はリビングのソファーに座り、また私は入口に立たされている。

「本当に恥ずかしいわ！　豚みたいに食べるマリッサを見て、デリオル様は幻滅《げんめつ》したでしょうね！」

豚でけっこう！　幻滅《げんめつ》すればいい。

せいぜい幻滅《げんめつ》されないように、ロクサーヌは努力すればいい。

「まるで、いつも食べさせていないみたいじゃないか!!」

そう、いつも食べさせていないじゃない！　私がガリガリで胸がないのは、食べさせてくれないからよ！

「もう顔を見るのもウンザリだわ！　早く追い出しましょう！」

叔母様、私もそう思っているわ。

その言葉をそのままお返ししたいくらい。

あなた達には、早く出て行って欲しい。

散々文句を言われた後、物置部屋に戻ってシーツにくるまり就寝した。……寒い。だけど、今日はお腹いっぱい食べられたからぐっすり眠れそう。

◇
◆
◇

翌朝、いつものように朝食の水だけを飲んで学園に行くと、なんだか大変な事になっていた。

ロクサーヌとデリオル様が結婚すると聞いた令嬢達は、ロクサーヌに同情していた事も忘れて校門前で堂々とデリオル様にアピールしていた。

「私、デリオル様の為ならなんでも出来ます！」

「デリオル様に相応《ふさわ》しいのは、この私だと思います！」

「デリオル様には、ロクサーヌ様は不釣り合いだと思います！」

デリオル様にまとわりつき、これでもかという程体を寄せている。これが教養のある令嬢のする事なのだろうか……

女性って怖い。

ロクサーヌは、まだ学園に来ていない。いつも遅刻すれすれで登校して来る。この状況を見たら、その瞬間に発狂しそう。あのロクサーヌがそれを我慢出来たら、少しだけ見直すかもしれない。まあ、嫌いなのは変わらないけど。

校門の前に、一台の馬車が止まった。その馬車に乗っていたのは、ロクサーヌだ。

「皆さん、何をなさっているのですか!?　デリオル様は、私の婚約者なのに酷いです！」

ロクサーヌは、怒り心頭で馬車から降りてきた。いつもより登校時間が早いのは、胸騒ぎがしたのだろうか。すぐにでも泣きそうな顔で抗議するロクサーヌ……でも今は、令嬢達もロクサーヌになど構っていられない。デリオル様を落とすのに夢中で、誰もロクサーヌなんかを相手にしていなかった。

令嬢達は我先にとデリオル様にアピールをし、令息達は令嬢達に囲まれているデリオル様をじっと睨み付けている。

ここは、戦場なの？　これまでの辛い体験から何事にも動じなくなった私だけど、さすがに怖い……

巻き込まれないように、遠回りをして教室に向かった。

教室へ無事に辿《たど》り着くことが出来て、ホッと胸を撫《な》で下ろす。それにしても、どうしてあんなにデリオル様がモテるのか全く分からない。皆、見た目に騙《だま》され過ぎ……

「朝からすげーな、あれ」

教室の窓から外を見ながら、レイド様は感心したようにため息をついていた。

「レイド様、おはようございます」

レイド様と、普通に挨拶が出来るようになった。なんだか不思議。あんなに感情を表に出すことが苦手な私だったのに、そこにレイド様がいるだけで自然と笑顔になれてしまう。

「おはよう。飯は食ったのか？　これ、朝食のパン。食え」

ぶっきらぼうにパンを渡される。言葉は乱暴でも、心優しい事を私はもう知っている。私の食事の心配までしてくれて……面倒見がいい事も知った。

「ありがとうございます！」

素直にパンを貰って、早速モグモグと食べ始める。

「普通、いきなり両頬に入れるか？　ハムスターみたいだな」

「もうふぐじゅぎょおだから、はやふたべなひゃとほもっへ。（もうすぐ授業だから、早く食べなきゃと思って）」

「慌てる事はないぞ。先生達は、あの騒動を収めるのに必死だ」

窓から外を見ると、先生達は一生懸命、生徒達を教室に行かせようとしていた。

「この調子だと、今日は授業になりませんね。寝ますか？」

窓際に並んで、外を見ながら会話する。教室で、こんなに穏やかな空気が流れているのは、不思議な感じがする。

「俺は授業中でも寝るぞ」

そうだった。レイド様には瑣末《さまつ》な事は関係ない。授業中いつ見ても、レイド様は机に突っ伏して眠っている。教科書さえ用意しないし、机の上には何もない。机は枕だと思っているに違いない。

そういえば、レイチェルがまだ来ていないけど、どうしたのかな？　まさか、あの騒動のせいで教室まで辿《たど》りつけないとか？　デリオル様は、一体何を考えているのだろうか。私にロクサーヌは運命の人だと言ったのだから、みんなにもちゃんとそう言えばいいのに。

まあ、昨日叔父達にハッキリ結婚すると言っていたのだから、このままロクサーヌを選んで結婚するだろう。

そう思っていたけど、予想とは全く違う展開が待っていた……

やっと騒動が収まり、生徒達が教室に戻って来た。レイド様にいただいたパンをぺろりと食べ終わり、すでに私は席に着いていた。レイド様は、自分の席で寝息を立てている。隣の席の生徒が戻って来たから、寝顔が見えなくなって残念な気持ちになった。

「デリオル様は、どうしてあんな事を？」

「もしかしたら、私を選んでくれるかも！」

戻って来た生徒達の会話が、変な気がするのは私だけだろうか？　令嬢達は喜んでいるし、令息達は不貞腐《ふてくさ》れている。あんなにデリオル様に自分達の魅力をアピールしていたのに、令嬢達がロクサーヌとの結婚を喜ぶとは思えない。

「早く席に着きなさい。授業を始めます」

すぐに先生が来てしまったので、何が起こったのか詳しくは分からなかった。

休み時間も、デリオル様の話で持ち切りになっていた。そのおかげで私は、今日は悪口を言われないようだ。

昼食の時間になると、いつものように中庭に行ってベンチに座る……

あれ？　なんか人が多いような？　辺りを見渡すと、昼食の時間だというのに、数人の生徒がソワソワしながら何かを待っているようだ。

いつも生徒達は食堂に行っていて、中庭にはほとんど人はいない。だけど今日は何人か……いいえ、どんどん人数が増えていく。これは、どういうこと？　そう思っていたら、デリオル様がズンズンと歩いて来る。一日に何度も見たい顔じゃない。

そのまままっすぐこちらに向かって来る……私は、逃げようとベンチから立ち上がった。

「どこへ行くんだ？」

私がどこに行こうと、デリオル様には関係ない。なぜ私に関わるのか分からない。

「人が多くなって来たので、教室に戻ります」

そのまま歩き出そうとすると、引き止められた。

「お前に話があって来た。だから、ここに居ろ」

……どうして私が、デリオル様に命令されなければならないのだろうか。

まあ、この様子だと、話を聞かないといつまでも付きまといそうだから、大人しく言う事を聞くことにした。

「どんなお話でしょうか？」

仕方なく、デリオル様に向き直る。

「俺はお前に、心底嫌気がさした」

デリオル様は私の顔を見ながら、はぁ……とため息をつく。

それは、こっちのセリフだ。

わざわざそんなことを言うために、私を呼び止めたのだろうか。

何も言い返さない私をよそに、デリオル様は話を続ける。

「ロクサーヌに酷い事をしてきたくせに、平然と学園に通っていた性悪女《しょうわるおんな》。俺を騙《だま》し、浮気をしていたアバズレ。お前のような奴と、婚約していたことが恥ずかしくて仕方がない!!」

どうしても婚約して欲しいと言ったのは、あなた達親子だ。デリオル様は、どれだけアホなのか。私の事を信じようともしなかったくせに、何が婚約者よ！　ロクサーヌに騙《だま》されてそっちが浮気しておいて、私を責めるなんておかしい。

もういい加減、私に関わらないでよ！

「デリオル様、いい加減にして下さい。私達はもう婚約していません。もう、私に関わらないで下さい」

デリオル様の仕打ちがあまりに理不尽で、我慢が出来なかった。

「そうだな。もうお前に関わることはないだろう。お前達家族ともな。なぜなら、俺はロクサーヌとの結婚はやめることにしたからだ」

その時、真っ青な顔をしたロクサーヌが目の端に映った。

「デリオル様!?　それは、どういうことですか!?」

デリオル様は、一体何がしたいのか。こんなに大勢の生徒の前で私を侮辱《ぶじょく》し、ロクサーヌとの結婚はやめると言い出した。

朝の騒動が収まったのは、続きがあるからとお昼休みに中庭に集まるように告げていた為かもしれない。

ロクサーヌは全く知らなかったようで、今にも倒れそうにふらついている。

「お前と婚約したと言っても、お前と結婚すると言っても、マリッサは全く気に止めなかった。それでは意味がない。ロクサーヌ、お前は用済みだ」

ショックを受けているロクサーヌを、容赦なく切り捨てる。

まさか、私を苦しめる為にロクサーヌを利用していたの⁉　……性格悪っ‼

「ふざけないで！　お義姉《ねえ》様からデリオル様を奪う為に、どれほど苦労したか……私を愛してると言ってくれたじゃないですか！」

ロクサーヌ……もしかして、本気でデリオル様を……？

「顔だけのくせに、調子に乗るな！　マリッサマリッサマリッサって、本当に惨《みじ》めな男ねっ‼　あんたなんか、マリッサの婚約者じゃなかったら相手にしないわよ！」

……何だ、違ったみたい。

それにしても、ロクサーヌは我を忘れている。こんなに大勢の人の前で、本性を丸出しにしていることに気付いていないのだろうか。

「もういいか？　お前は用済みなんだから、黙っていてくれ」

昨日までの、ロクサーヌへの態度とはまるで違う。デリオル様の目にロクサーヌは映っているはずなのに、何の興味もないのが伝わってくる。デリオル様もまた、演技が上手かったという事だろうか。

「何ですって⁉」

ロクサーヌが怒りを露《あら》わにし、デリオル様に詰め寄ろうとした時、一人の女子生徒がゆっくり歩いて来た。

「そうよ。いい加減、黙りなさいよ」

え……レイチェル？　今日はずっと姿を見なかったから、お休みなのかと思っていた。

「やっと来たか。じゃあ、本題に入る。俺は、ここにいる、レイチェル・モストンと婚約する!!」

……はあ!?　レイチェルと婚約って、どういうこと!?　デリオル様とレイチェル以外、ここに居る誰もが驚いていた。

「やっぱり、レイチェルとの婚約は正解だったな。マリッサがショックを受けている！　あははっ」

子供のように大きな声で笑いながら、喜んでいるデリオル様。わけが分からない。どうしてレイチェルが、デリオル様と婚約を!?

「やっとマリッサに勝てたわ！」

レイチェルは勝ち誇った顔で、見下すように私を見た。

その表情はあまりに不気味で、私の知っているレイチェルとは違っていた。本当は、別人なのではないか。

「レイチェル……？」

名前を口にすると、声が震えた。頭の中で、こんな事はありえない、何かの間違いじゃないかと何度も何度も考えている。だけど、そこに立っているのは紛れもなくレイチェルで、私を見ながら不気味に微笑んでいる。

「何その顔!?　あははっ!!　私はマリッサの事を、友達だと思った事は一度もないわ！　私ね、

ずっとマリッサが大嫌いだったの！」

レイチェルの口から発せられた言葉が、私の胸にグサグサと突き刺さる。まるで、ナイフで刺されているみたいに胸が痛い。

私の事を嫌いなのに、一年の時からずっと友達のフリをしていたということなのだろうか。

「私はずっと、デリオル様の事が好きだった。それなのに、デリオル様を好きじゃないあなたがどうして婚約者なのよ⁉　いつか絶対に奪ってやろうと思っていたら、そこのアホ女に先を越されてしまった……。でも、デリオル様は、ロクサーヌなんか好きじゃなかったから、奪うのは簡単だったわ。ロクサーヌの父親のダナベード侯爵《こうしゃく》は、ベラベラと何でも話してくれたし。ねえ、マリッサ……婚約者と親友をいっぺんに失った気分はどう？」

デリオル様のことなんかどうでもいいけど、レイチェルのことは本気で信じていた。

今でも、心のどこかで信じている自分がいる。あんなに優しかったレイチェルが、こんな事をするはずがない。大好きなレイチェルが、私を裏切るはずがない……

「すごく……悲しい……」

言葉にしたら、余計悲しみが押し寄せて来た。そして、これは現実なのだと実感してしまった。レイチェルに裏切られて、悲しい。そんなレイチェルを信じた自分に、腹が立つ。こんな現実を突き付けられている今も、『冗談よ』って笑って欲しいと思っている。

叔父に私とレイド様の事を告げ口したのは、レイチェルだったようだ。

だけどね、レイチェルが婚約した相手は、もうすぐ莫大な慰謝料と借金を返済しなければならなくなる。

モストン伯爵に、返済出来る額じゃない。その婚約はきっと、破棄する事になる。

あなたの裏切りに、私は一週間後に仕返しをする事になってしまった。

「なんだ、この人集《ひとだか》りは？」

この声は、レイド様。もう聞いただけで分かるようになった。大勢の生徒に囲まれているせいで、レイド様の姿が見えない。

そう思っていたら、レイド様は人混みをかき分けて、いつも私が座っているベンチへと来てくれた。レイド様の姿を見た瞬間、私は彼に恋をしてしまったのだと気付いた。

今一番会いたいと思っていた人が、来てくれた。凍りつきそうになっていた私の心が、彼の声を聞いて、彼の姿を見たら、一瞬で溶けていった。

好きってこういう気持ちなのだと、初めて知った。

「マリッサ、行くぞ」

レイド様が差し出してくれた左手を、自然に私の右手が取っていた。私の手を握り、レイド様は歩き出す。全てを失って初めて、私は大切な人を見つけた。

彼が触れている手が、熱を帯《お》びていく。寒くてかじかみそうなはずなのに、右手がジンジンと熱くなる。

私達の姿を見て、デリオル様は立ちすくんでいた。あれ程、浮気だ裏切りだと騒いでいたから、私がレイド様に本気で恋をしている事を察したのかもしれない。

レイチェルも、さっきまで私を騙《だま》せた事に大喜びしていたのに、今は呆然と私達を見送っていた。

「レイド様、今日も来てくださったのですね」

レイド様と居ると、辛い事を全て忘れられる。繋いだ手を、このままずっと離したくないと思ってしまう。

「食堂のおばちゃんが、あんたにパンを持っていけってうるさいんだ」

振り返らずにそう言ったレイド様の耳が、真っ赤に染まっている。口調は乱暴だけど、本当は、私が心配で来てくれたのだ。

この時間がずっと続けばいいのにと、そう思わずにはいられなかった。

第八章　俺と婚約しないか？

授業を終えて邸に戻ると、ロクサーヌは部屋に閉じこもっていた。あの後すぐに、邸に戻って来たと門番から聞いた。さすがのロクサーヌも、あんな事があった後に学園で平然と授業を受けることは出来なかったようだ。

「ロクサーヌ！　出て来なさい！　何があったというんだ!!」

「ロクサーヌ！　早く出て来て！」

叔父夫婦が、ロクサーヌの部屋の前で出てくるように説得している。学園での様子を思い出すと、今は何を言っても出てくるとは思えない。

「ほっといてよ!!　もう、恥ずかしくて学園に行けないわ!!」

ロクサーヌは大勢の前で婚約者に捨てられ、バカにされ、婚約者を奪われ、我を失ってしまったのだから、恥ずかしくて学園には行けないだろう。

プライドがムダに高いから、立ち直るには時間がかかるかもしれない。

……一週間後には、ここから出て行ってもらうつもりだけど、なんだか可哀想になって来た。

私の婚約者になんか執着せずに、他の令息と婚約していたら、どこかの貴族の夫人になれたかもしれないのに。そうは思うけど、よく考えたら自業自得だ。

ロクサーヌを慰《なぐさ》める気なんて、サラサラない私は、そのまま物置部屋へ向かった。

今日の夕食は、部屋に運ばれて来た。相変わらず、昨日の残り物だけど……

「あれ？　温かい……」

床に座り、鮭のクリーム煮をひと口食べると、いつもとは違って粉っぽくない。

「今日は、旦那様も奥様も気付かないと思ったので、温めて来ました。いつも、冷めた食事をお出ししてしまい、申し訳ありません……」

メイドは床に座り、目線を合わせてくれている。

「そんなこと、気にしなくていい。温めて来てくれて、ありがとう」

この事が叔父に知れたら大変だ。また私のせいで、解雇されたらと想像すると辛い。使用人達には、自分の事だけを考えて欲しい。そう思うけれど、気持ちが素直に嬉しい……もう少しだけ待っていてね。あなた達が楽しく働けるような、そんなお邸にするから。

◇
◆
◇

十八歳まで、あと六日。

ロクサーヌは、朝食にも姿を現さなかった。

「ロクサーヌ……大丈夫かしら？」

叔母はロクサーヌが心配で、ため息ばかりついている。

「マリッサ、何があったのか知らないか？　まさか、お前が何かしたのか!?」

叔父は理由が知りたいのか、質問ばかりしてくる。

「デリオル様が原因です。昨日、大勢の生徒の前で、ロクサーヌとの婚約を破棄してしまいました」

そういえば、何を話したのかは知らないけど、レイチェルにベラベラと二人の事を話したのは叔父だ。

でもどうして、叔父とレイチェルはそんなに親しかったのだろうか。接点がみつからない。私の事をずっと嫌いだったと言っていたから、調べる為にレイチェルが叔父に近付いたのかもしれない。

それにしても、娘の事をベラベラと話すなんて、まるで恋人同士みたい……

!?　まさか、叔父とレイチェルは付き合っていたんじゃ？　そんなはずない……よね。

「何だと!?　あのクソ野郎……ロクサーヌを傷付けやがって!!　絶対に許さん!!」

叔父は、ガーダ侯爵《こうしゃく》がお父様に借金をしていた事を知らない。借金はお父様が帳消しにすると約束したけれど、それはただの口約束で借用書は残っている。

この事を知っていたなら、ロクサーヌも部屋に閉じこもらないで復讐しに行っていただろう。だけど、教えてあげるつもりなんかない。私はそんなにお人好しではない。

「お前……その格好はなんだ!?　ロクサーヌが苦しんでいるのに、まさか学園に行くつもりか!?」

今度は、私が学園に行くのが許せないようだ。そう言われることは、予想していた。だけど、朝食に姿を現さないのも不自然だと思い、食堂に来た。

「もうお前は、学園に通わなくていい！　もうすぐ出て行くのだからな。あのボロボロの馬車は、ゴミ同然だから燃やすように言っておいた」

馬車を、燃やした……？　酷い……!!　あの馬車は、私が生まれた日にお父様が買って下さったものだ。ドアのところが壊れていて、強い衝撃を与えると外れてしまうけど、ちゃんと修理すればまだまだ走ってくれる。

とても大切なものだったのに……

怒りで気が狂いそうになりながらも、拳《こぶし》を握り締めて必死に堪《こら》えた。

朝食の時間が終わり、物置部屋に戻ると、音を立てないように気を付けながら窓から外に出た。ロクサーヌのことで手一杯な叔父が、私の部屋に来ることはない。抜け出しても、きっとバレることはないだろう。

学園までは、普通の馬車で三十分。私が使っていた馬車で一時間。徒歩なら、二時間くらいだろうか。私は学園に、歩いていくことにした。

学園に到着したけど、授業中なので静まり返っている。廊下を歩く時も、自分の足音が響いていた。教室に着いて、ドアを静かに開けると、みんないっせいに私を見た。

「遅れて申し訳ありません」

先生は少し嫌な顔をした。

「早く席に着きなさい」

「はい」

生徒達は、よく来れるなといった顔で私を見て来る。だけど、レイド様だけは私に笑いかけてくれた。恋って凄い。彼がそこにいるだけで、幸せな気持ちになれる。叔父の言いつけを破ってまで学園に来たいと思えたのは、ひとえにレイド様に会いたかったからだ。

休み時間になるとなぜかこの教室で、レイチェルとデリオル様がイチャイチャし始めた。

「デリオル様あ、私のこと好き？」

「当たり前だろ？　お前が世界中で一番キレイだ！」

「まあ、デリオル様ったらあ……恥ずかしいですう……」

聞いたこともない甘い声を出す、レイチェル……

まあ、二人の世界に入っているだけなら、誰にも迷惑はかからない。

私の噂が、今はデリオル様とレイチェルの噂に変わって、少し気が楽になった。

「レイチェルは素直だな。マリッサとは大違いだ！」

デリオル様が、横目で私を見ながらレイチェルの事を褒《ほ》める。ちょこちょこと、私の名前を出すのはやめて欲しい。そんなに私が憎いの？　憎まれるような事をした覚えがないけど……

まあ、婚約していた九年間、好意を持つ事が出来なかった事を恨《うら》んでいると言われたら、言い返す事は出来ないけれど。

お昼休みになり、いつものように中庭に行こうとすると、

「マリッサ！　食堂に行くぞ」

レイド様が食堂に誘ってくれた。

「あんたが正式に侯爵《こうしゃく》になったら、食事代は返してもらうから気にするな」

耳元でそう囁《ささや》かれ、色気がある話ではないのにドキドキしてしまう。

私が気を遣わないようにしてくれるさりげない優しさにも、私はキュンキュンしまくっている。

「おばちゃん、いつものな」

レイド様が注文すると、おばさんは私達を見て笑顔になった。

「とうとう落としたんですか⁉」

落とす？　何を落としたのだろうか。

首をかしげながら、二人の事を見る。

「ばっ！　そんなんじゃねーよ！　変なこと言うなよ‼」

こんなに焦っているレイド様を初めて見た。なんだか、可愛い。可愛いなんて言ったら、きっとレイド様に怒られるけど。

「照れなくてもいいじゃないですか！　男なら当たって砕けろです‼」

おばさんは終始ニヤニヤしながら、私達を見ている。レイド様の顔が真っ赤になっているのは、気のせい……かな？

「砕けろってなんだよ⁉　縁起わりー！」

よく分からないけど、なんだか楽しそう。二人のやり取りを見てると、凄く安心する。邸でも、学園でも、心が休まることなんてなかった。レイド様が居なかったら、私の心はとっくに壊れていたかもしれない。

「おばさん、私、あれとこれとそれと、あとこれを二人前とデザートにチョコケーキ三つをお願いします！」

「「え⁉」」

二人同時に、驚いた顔で私を見た。

「えっと……ダメ……ですか？」

「ダメじゃないですけど、そんな体のどこにこんなに入るんですか？　あたしなんて、食べたら食べた分だけ肉が付いてしまいます」

おばさんは、ポンッとお腹を叩いておどけて見せた。

「豪快でいいな。こんなに食べる女、初めて見たわ。ぷぷー」

レイド様に、思いっきり笑われてしまった。

不思議だけど、レイド様にはどんな姿でも見せられるような気がする。どんな姿でも、彼は受け入れてくれると思えるから。

「実は、幼い頃から食欲が凄くて、よく両親に笑われていました」

「好きなだけ食え」

レイド様は私の頭をポンポンとすると、注文した料理を運んでくれた。

彼がこんなに優しいことに気付いているのは、この学園で私だけかもしれない。おばさんは別として。他の人には気付いて欲しくない。みんながレイド様の魅力に気付いてしまって、ライバルが増えたら困る。

「若いっていいですねぇ。これ、サービスです！」

おばさんはトレイの上に、シュークリームを二つ載せてくれた。

「ありがとうございます！　おばさん、大好き！」

いつもパンをくれたり、優しくしてくれるおばさんに、すごく感謝している。お母様とは少し違うけど、いつの間にか私の中で第二のお母様的存在になっていた。

レイド様の隣に座り、彼のトレイにシュークリームを一つ載せる。

「おばさんがくれたんです！　食べて下さい！」

「ありがとう。おばちゃんは、あんたには弱いな。俺にくれた事は一度もない」

少し口を尖《とが》らせて拗《す》ねる、まるで子供みたいなレイド様。

「拗《す》ねてます？」

あまりに可愛くて、からかいたくなった。

「こんなんで拗《す》ねるか！　早く食え」

お父様とお母様が亡くなってから、こんなに楽しいと思えたのは初めてかもしれない。自然と笑顔になれるのも、レイド様のおかげ。

大好きな人と食事が出来るのって、すごく幸せなことだと思う。美味しい料理が、更に美味しくなる。

モグモグと、次々に料理を平らげていく。

お肉は柔らかくて、口の中に入れたらとろけてしまう。パンは焼《や》きたてで、モチモチしていて、何個でも食べられそう。

「美味そうに食うな」

レイド様はいつの間にか食事をする手を止め、私が食べているところを見ていた。

「だって、美味しいんですもの！　今日は、学園まで歩いて来たから、お腹がめちゃくちゃ空いていました」

あんなに歩いたのは、初めてかもしれない。だけど、ずっとレイド様の事を考えていたから、あっという間に学園に着いた。

「家から歩いて来たのか？」

「はい。ロクサーヌが昨日から部屋に閉じこもってしまって、ロクサーヌが辛い思いをしているのに、お前は学園に行く気か!?　って、叔父に言われてしまいました。もうすぐ出て行くのだから、もう学園に行く必要はないと、大切にして居た馬車を処分されてしまったので、部屋の窓から抜け出して歩いて来たんです」

「あんたは強いな」

私、強いの……かな？　ずっと気持ちを押し殺して、文句も言わずに叔父に従ってきた。こんな話をするのも、レイド様が初めてだ。

「あ、私は出て行かないので、大丈夫です。出て行くのは、叔父達です！　私の大切な馬車を処分した事は、絶対に許しません！」

本当に、大切な馬車だった。

お父様からの贈り物で残っていたのは、あの馬車だけだったのに。

「だが、馬車がないなら学園に来るのも一苦労だろ？　今日は俺が送って行く。明日からも、俺が送り迎えをする」

え……？　でも、そんな事をしたら、レイド様に迷惑がかかってしまう。

「私は大丈夫です。送り迎えなんてしたら、私と噂になってしまいますから」

ただでさえ、昨日のことで噂されているのに、これ以上迷惑をかけたくない。

「俺と噂になるのは嫌か？」

イタズラっぽい笑みを浮かべながら、顔を近付けてくるレイド様に、心臓の鼓動が急激に速くなった。レイド様って、こんなに積極的だったかな……？

「嫌なわけないです！」

はっ！　私ったら、全力で否定してしまった……

恥ずかしい……

これでは、気持ちがバレてしまう……

真っ赤になった顔を隠すように、下を向いた私の耳に、予想外の言葉が飛び込んで来た。

「いっそのこと、俺と婚約しないか？」

第九章　心が温まる贈り物

「……へ？」

あまりにも唐突で、予想もしていなかった言葉に、ビックリして変な声が出てしまった。

「本当は、あんたが正式に侯爵《こうしゃく》になるまで待とうと思っていたんだが、これ以上あんたが酷い目に遭うのが耐えられなくなった」

冗談かと思ってレイド様の顔を見ると、真剣な眼差しが私に向けられていた。

侯爵《こうしゃく》になるまで待とうって、ずっと私との婚約を考えて下さっていたという事？

「あんたが好きだ。……てか、なんで俺、食堂で想い伝えてんだよ⁉　カッコ悪っ！」

好きだという言葉が、頭の中でこだまする。思いっきり照れているレイド様を見ると、愛しくて胸がギュッと締め付けられる。

「カッコ悪くなんかないです。凄く、凄く嬉しいです！　私も……好き……です」

はにかみながら、一生懸命想いを伝える。好きという言葉を伝える事が、こんなに難しいとは思わなかった。恥ずかしくて、凄く声が小さくなってしまった。

「はぁーッ‼　良かったーッ‼　嬉し過ぎて泣きそ。いや、泣いたらヤバいな。でも、嬉しすぎるー！」

ものすごく早口になるレイド様。本当に嬉しいと思っているのが伝わって来て、愛しい気持ちでいっぱいになる。でも……

「あの……やっぱり、婚約は私が十八歳になるまで待っていただけませんか？　私の手で、叔父達を後悔させたいんです。その為に私は、自分を押し殺して今日まで生きて来ました。今、レイド様と婚約してしまったら、レイド様との婚約が叔父達への仕返しみたいになってしまいます。私にとって、レイド様を好きになった事は本当に特別で……だから、叔父達に穢《けが》されたくないんです！」

堂々と、偽《いつわ》りのない本当の私でレイド様と婚約したい。

「……分かった。だが、辛くなったらいつでも俺を頼る事！　それと、送り迎えはするぞ。それは、譲れないからな！」

レイド様を好きになって良かった。最初は苦手だなんて思っていたのが、こんなに好きになるなんて不思議で仕方がない。

「はい！　では、おかわりして来ます！」

「まだ食うのか!?」

驚いて口を開けたままのレイド様を横目に、勢いよく立ち上がり、おかわりをしに行く。本当は胸がいっぱいで、食欲なんかないけど、嬉しさで緩んでしまう顔を見られたくなかった。

食事を終えて教室に戻ると、レイチェルとデリオル様がイチャイチャしていた。……言い直し。イチャイチャし始めた。

二人とも、私に見せつけたいようだ。私はそれを見たからといって、何とも思わないのに……。

これも言い直し。気持ち悪いとは思う。

一つ、気になる事があったので、レイチェルに聞きたかったけど、休み時間の度にデリオル様が来るので聞けずにいた。

このままだと、いつまでも聞けそうにないので、デリオル様が居てもかまわずに聞いてみる事にした。

「レイチェル、聞きたいことがあるんだけど」

あまり近付きたくないけど、私の席はレイチェルの後ろだ。仕方なく、自分の席に座ってレイチェルに話しかけた。

「見て分からないの？　私達、今取り込み中なの」

イスに座るレイチェルの後ろから抱きしめるデリオル様。つまり、私から見えるのはデリオル様のお尻だ。そのお尻越しに、レイチェルと話している。

どうしよう……気持ち悪過ぎて殴ってやりたい。その気持ちを抑えながら、さっさと切り出す。

「ドナルド叔父様とは、どういう関係？」

そう聞くと、レイチェルは急に立ち上がって怒り出した！

「どういう関係？　どんな関係でもないわ！　あんなジジイと関係なんてあるわけないじゃない！なんでそんなこと聞くの!?　私とデリオル様が羨ましいからって、変なこと言わないでよ!!」

どうして、そんなに怒るのだろうか。彼女のあまりの形相《ぎょうそう》に、一瞬たじろいだ。

私はただ、叔父との関係を聞いただけなのに。

レイチェルの様子が明らかにおかしくなった。これは、どう考えても怪しい。

教室にいた全員が、その様子を見てレイチェルは怪しいと思っているに違いない。その中には、デリオル様もいる。

「お前、何かおかしいぞ？　今の質問で、どうしてそんなに怒るんだ？　何かやましいことがあるのか？」

私の目の前で、二人は立ったままケンカを始めた。この場から離れたいけど、私の席はここ。

それに、私から話題を提供した手前、この場から居なくなるのは違うと思った。

「そんなこと、あるわけないじゃないですか!!　マリッサの発言が不快だっただけです！」

さすがに、苦しい言い訳。デリオル様も信じていないようで、レイチェルに疑いの眼差しを向け続けていた。

結局、レイチェルはずっと誤魔化《ごまか》したままだった。私には、何となくどういうことなのか分かったので、あとは二人で話し合ってもらおう。

だけど、叔父の事はさすがにこのままには出来ない。娘ほど年の離れたレイチェルと、不倫でもしていたというのなら、追い出すだけでは罰が軽すぎるように思えた。この事を、叔母やロクサーヌが知ったら、叔父は捨てられるだろう。

授業が終わると、学園から少し離れたところでレイド様が待っていてくれた。姿を見ただけで、鼓動が速くなる。レイド様は、私を見つけて、笑顔で手を振ってくれる。

足早に馬車に乗り込むと、レイド様に包みを渡された。

「これは？」

その包みは、可愛くラッピングされている。レイド様が、これをずっと持ち歩いていたのかと思うと、可愛すぎて顔がニヤける。

「ずっと渡そうと思ってたんだけど、なかなか渡せなかった。いつも寒そうだから、使ってくれ」

言い方はぶっきらぼうだけど、頭をかきながら、照れくさそうにしている彼が可愛い。

贈り物……男性に貰ったのは初めてで、嬉し過ぎる！　というか、誰かに贈り物を貰うなんて、両親だけだった。

嬉しい……めちゃくちゃ嬉しい!!

「開けてみても、いいですか？」

嬉し過ぎて、包みをギュッと抱き締める。

「気に入らなくても、文句は受け付けないからな！」

言い放った言葉は照れ隠しなのがバレバレで、子供みたい。

丁寧に包みを開けると、中には薄いピンクのブランケットが入っていた。

「可愛い……」

薄くて軽いけど、ふわふわでさわり心地がいい。

「あんたに似合いそうだったから……」

照れて、目を合わせてくれないレイド様。

ピンクが似合いそうだと思ってくれていたなんて、意外だった。

私に似合うのは、暗い色か冷たい青だと思っていたからだ。明るい色が似合うと言われるのって、何だか嬉しい……

私の為にピンクのブランケットを選んでいる彼を思い浮かべると、思わず笑ってしまう。

「ありがとうございます！　すごく可愛くて、すごく暖かい‼　こんな素敵な贈り物をいただけて、めちゃくちゃ幸せです！」

嬉しい気持ちを伝えたくて、少しオーバーになってしまったかもしれない。だけど、本当に凄く嬉しい。ブランケットを羽織《はお》ると、いつも私が寒がっていたことを知っていたのだと、これを選んでくれたレイド様の優しさが、凄く伝わってくる。

「ずっとずっと、大切にします‼」

「大げさだな。そんなに大喜びするようなものじゃない」

そんなことを言いながらも、レイド様も嬉しそうに笑っている。

レイド様から、〝初めて〟を沢山いただいた。

ずっと婚約者がいたのに、その相手を好きになる事がなかった私は、誰かを好きになる事なんて一生ないのだと思っていた。

この気持ちを、大切にしたい。

「送ってくださり、ありがとうございました。それと、ブランケットも」

邸から少し離れたところで、馬車を止めてもらった。

「今日は歩いて疲れただろうから、ゆっくり休め。また明日、この場所に迎えに来る」

このまま、離れたくない。なんて、思わずわがままを言ってしまいそうになる。名残惜《なごり》しいけど、引き止めていたら、レイド様の帰りが遅くなってしまう。

「はい。お気を付けて」

馬車が去って行くのを見送りながら、いただいたブランケットを抱きしめる。今日は本当に幸せな一日だった。

「ただいま。叔父様は、私が出かけた事に気付いてない？」

門番にそう尋ねると、門番は笑顔で頷いた。

使用人のみんなは、叔父に逆らうことはできないけど、私の味方ではいてくれる。

マーカスが解雇された時、これからは叔父に逆らわないでと私からみんなにお願いした。

叔父にバレないように、こっそり物置部屋の窓から中に入る。叔父に感謝ね。自分が来たくないような部屋を、私の部屋にしてくれたおかげで、抜け出してもバレなかった。

それに、ロクサーヌが自室に閉じこもっているから、私が昼食に姿を現さなくても気にも止めなかったようだ。私の姿が見えなくても、まさか歩いて学園まで行くなんて想像もしないだろう。

レイド様からいただいたブランケット、とても暖かい。いつもは薄いシーツにくるまって寝ているから、今日はレイド様に包まれているような感覚で眠れそう……って、私ったら何を考えているの!?　別に、レイド様に包まれたいとか思っているわけじゃ……いやいや、少しは思っているけど……

私は一人で、何を妄想しちゃっているのよ……恥ずかしい。

第十章　ロクサーヌの復活

十八歳まで、あと五日。

昨夜はレイド様のブランケットのおかげで、ぐっすり眠る事が出来た。相変わらず体は痛いけど、幸せな夢を見た気がする。

夢なんて見たのは、凄く久しぶりだった。内容を覚えていないのが、ちょっとだけ悲しい。

夢の内容を思い出そうと、ブランケットを抱きしめながら考え事をしていると、珍しく朝からドアをノックする音が聞こえた。

「マリッサ様、朝食をお持ちいたしました」

朝食？　ああ、今日もロクサーヌが部屋から出てこないから、朝食も一緒にとる必要がないという事のようだ。私は部屋から出てくるなという事だろう。わざわざ水を届けさせるなんて、嫌味でしかない……

「どうぞ」

メイドがドアを開けて入ってくると、水ではなくスープがトレイに載せてある。

「申し訳ありません。旦那様が食材を全て管理している為、スープしかお持ち出来ませんでした……」

私のために、スープを作って来てくれたみたい。

「どうして謝るの？　私の為に、ありがとう。すごく嬉しい！」

叔父が食材を管理しているなんて、どれだけケチなのだろうか。そこまでするなんて、使用人を信用していない証拠。使用人達に、申し訳ない気持ちになる。

「マリッサ様がこんなにご苦労なさっているのに、私達は何も出来ず、申し訳ありません」

メイドは、深々と頭を下げた。

こんなに働きづらい環境で、私の心配までさせてしまっている。私がしっかりしていないから、使用人にまで苦労をかけている。

「『何もしないで』と、お願いしたのは私よ。申し訳ないなんて、思う必要はないわ。私の方こそ、当主でありながら、あなた達に苦労させてしまってごめんなさい」

メイドに向かって、誠心誠意頭を下げる。今の私には、こんなことしか出来ない。

「とんでもありません！　使用人は皆、マリッサ様が大好きです。私達の事を考えてくださり、感謝しております」

私はずっと、使用人達に苦労させていないかと不安だった。この物置部屋は邸の奥にあり、叔父の部屋の前を通らないと来る事が出来ない。叔父達に頼まれない限り、使用人がここに来たら分かってしまうから、頼まれた時以外はここに来ることも禁止していた。

彼らは危険を冒して、私の部屋までスープを運んでくれたのだ。

こんな風に彼らの気持ちを聞くことが出来て、安心した。

「ありがとう。いただきます」

表向きはコップ一杯の水を持ってきただけのはずなので、食器を下げる為にもう一度メイドがここに来る事は出来ない。だから、私がスープを飲み終えるまで、待っていてくれた。


食事を終え、制服を着て、昨日のように窓から抜け出し、昨日レイド様が降ろして下さった場所まで歩いて行く。一緒に登校出来る事が嬉しくて、自然と足取りが軽くなる。

昨日の場所に着くと、すでにレイド様は待っていてくれた。

「おはよう、マリッサ」

「おはようございます、レイド様」

笑顔で挨拶を交わした後、馬車に乗り込み、学園へ出発する。

凄く不思議な気分。馬車の窓から見える景色はいつもと同じはずなのに、何だか全てが輝いて見える。

「食うか？」

レイド様が手渡してくれたのは、バナナだった。しかも、一房そのまま。十本位はありそう。

私が沢山食べるから、一房くれたのかな？

「ありがとうございます！　いただきます！」

皮をむいてバナナを一口。

「美味しい！」

「食いきれなかったら、責任を持って持って帰れ」

私の食事の心配をして、こんなに沢山くれたみたい。でも……

「全部、食べてもいいですか？」

スープを飲んだけれど、まだまだお腹が空いているから余裕で食べられる。

「あはははっ！　バナナ一房食べられる女なんて、初めて見た！　やっぱりあんた、最高だな！」

バナナを一房食べられたら、最高なの？　どうして？　首を傾げていると、彼は私の顔を覗き込んだ。

「そういうところが、本当に可愛い」

か、か、か、か、可愛い!?　レイド様は、いきなりどうしたの!?　そして私の顔は、火が出そうな位熱い!!

「レ、レ、レ、レイド様！　か、か、か、可愛いだなんて、とんでもありません!!　私は可愛くなんて、全くこれっぽっちもありえないくらいありません!!」

慌てまくって、自分でも何を言っているのか分からない。レイド様って、こんな言葉をさりげなく言えちゃう人だった!?

「あははっ！　動揺し過ぎ！」

レイド様は私の右手を取り、

「あんたは可愛い。もっと自信を持て」

そう言って、ギュッと握ってくれた。男性から、面と向かって可愛いなんて言われたのは生まれて初めてだ。デリオル様は、好き、大好き、愛してるの三パターンしか言わなかった。

また、〝初めて〟が増えた。

学園にずっと着かなければいいのにと思っていたけど、あっという間に着いてしまった。（バナナはもちろん、全部食べ切った）

学園に着くと、一緒に登校したことがバレないように、私が先に教室に向かった。

またデリオル様がレイチェルに会いに来ているようだ。昨日のことは、仲直り出来たのだろうか。

そう思いながら、自分の席に行こうとすると……

「まだちゃんと答えていないぞ！」

「何もないと、何度も言っているではないですか！　しつこいです！」

……まだのようだ。それにしても、どうして教室でケンカしているのか。二人はケンカに夢中で、私が居ることにも気付いていない。他の生徒達は、ケンカしている二人をチラチラと見ながら、私のこともチラチラ見ている。何だか、釈然としない。

理由は、すぐに分かった。いつもは、私が教室に入ってからみんなは悪口を言い出していた。今日は、二人がケンカをしているから、悪口を言うきっかけを掴めなかったようだ。

今までの事が、ロクサーヌの仕業《しわざ》なのか、デリオル様の仕業《しわざ》なのか、レイチェルの仕業《しわざ》なのかは分からない。誰の仕業《しわざ》であっても、私を邪魔だと思っている者がみんなを操っているのだろう。

席に座り、レイド様が教室に来るのを待っていると、入口に立っている見慣れた顔に気づいた。

「あら？　どうしてこの教室に、デリオル様がいらっしゃるのですか？」

声の主は……

なんということでしょう！　ロクサーヌが復活したようだ！

「お前には関係ないだろう？　お前こそ、なぜこの教室に居るんだ？」

デリオル様は、面倒くさそうな顔をしながらロクサーヌを見る。ロクサーヌは彼の様子など、全く気にしていない。

「それこそ、デリオル様には関係ないわ。お義姉《ねえ》様が興味のない男に、私も興味なんてないもの」

その時、レイド様が教室に入って来た……と同時に、

「レイド様～！　私、レイド様に心を奪われてしまいました……だから、責任をとって下さい！」

ロクサーヌはレイド様に駆け寄り、上目遣いをしながら、甘ったるい声でそう言った。次のロクサーヌの狙いは、レイド様のようだ。

だけど残念ね、レイド様はあなたに騙《だま》されたりしない。

「近寄るな。香水が臭い。演技が臭い。下から睨むな。化粧が濃い。それと、足が臭そう」

足が臭そうって……最後の一言は、レイド様の勝手なイメージなのかな……

一瞬でそんなに悪口が出るなんて、ずっとそう思っていたという事だろう。

「くすくす……」

「足が臭そうですって……」

「演技はもうバレているのに、イタイですね」

レイド様の言葉に反応し、ロクサーヌを笑いながらバカにする生徒達。

確かにロクサーヌはバカだけど、イタイのはあなた達も同じよ。人を悪く言って笑っていないと死ぬ病気か何かなの？　ああ、可哀想な人達。

「何を言われても、全部『愛してる』に聞こえてしまうのは恋だと思います！」

ロクサーヌ……強い……あれだけ悪く言ってきた相手に、そんな事を言えちゃうメンタルが凄い。

初めてあなたを尊敬するわ。

「気持ちわりぃな。それは恋じゃない。その耳を医者に診《み》てもらえ！」

耳を診《み》てもらったところで、変わらないと思う。レイド様……どこかズレてる気が……

「私の心配をしてくださるなんて！　レイド様、お優しいですね！」

話が全く噛み合っていない。物凄くポジティブなのか、ただのバカなのか。レイチェルとデリオル様のせいで、ロクサーヌがパワーアップしてしまったようだ。

「ロクサーヌ！　邪魔よ！　私とデリオル様のラブラブイチャイチャを見せて、マリッサを悔しがらせる作戦が台無しじゃない！」

レイチェルは顔を赤くして叫んでいる。

そのわけの分からない作戦は、何なのだろうか。私は全く悔しくないから、作戦の意味はない。

それに、こんなに簡単に本人にバラしてもいいのだろうか。

休み時間の度に、レイド様に会いに来るロクサーヌ。そして、レイチェルとイチャイチャしに来るデリオル様。この教室は、獣が集まる動物園か何かなのだろうか。私を嫌いだと言っている三人が、どうして私が居るこの教室に集まるのか。

それにしても、私が学園に来ている事も、レイド様の事も、ロクサーヌに知られてしまったようだ。いきなりレイド様に想いを告げたのは、私とレイド様のことに気付いたからだろう。それなら叔父に知られるのも時間の問題という事だ……


「マリッサ、食事に行くぞ」

名前を呼ばれて顔を上げると、レイド様が立っていた。ロクサーヌの事を考えていたら、いつの間にかお昼休みになっていたようだ。

デリオル様に婚約を破棄されてから、周囲が騒がしくなり、勉強する余裕がなくなっていた。授業も全く頭に入って来ない。だけど、私には大切な人が出来た。それだけは、感謝している。

「あ、はい。……ロクサーヌはどこに？」

あのロクサーヌが、お昼休みにこの教室へ来ないとは思えない。

「まだ来てないから、今のうちに急いで逃げるぞ」

レイド様に急《せ》かされ、食堂に行く。彼も、ロクサーヌにうんざりしているみたいだ。

「おばちゃん、いつもの！」

レイド様は、いつも同じ物を注文する。

「はーい。マリッサ様は？」

「え……？　私の名前、覚えてくれたんですか？」

おばさんに名前を呼ばれたのは、初めての事だ。覚えてくれていた事に、心が温かくなる。

「お気に入りの生徒さんは、覚えてますよ。あんなにあたしの料理を沢山食べてくれたのは、マリッサ様しかいませんしね。それに、レイド王子がマリッサ様の名前を連呼しまくるから、すぐに覚えてしまいましたよ」

連呼って、どれだけ呼んでいたのかな……

そんなに、私の話をしてくれたのかと思うと、顔がニヤけてしまう。それと同時に、どんな話をしていたのか気になった。

「おばさんは、レイド様と仲がいいのですね。あ、私はこれとあれとこれを二つ。それからこのパンも二つに、シュークリーム三つで！」

「沢山食べる女の子は、とても気持ちがいいですね！　今日はロールケーキ二つおまけです！」

おばさんは、トレイにロールケーキを載せてくれた。

「やったー！」

「俺にはおまけはないのかよ!?」

また拗《す》ねている。しかも、子供のように口を尖《とが》らせて。

おばさんは、わざわざ二つくれたのだから、一つはレイド様の分なのに。

「レイド王子には、ありませんよ。可愛い子にしか、おまけなんてしません！」

「ケチ！」

「ふふふっ」

食堂に来るのが、本当に楽しい。もちろん食事が出来るからという理由もあるけど、おばさんに会えるし、レイド様の違った一面も見られる。

いつもおばさんに軽くあしらわれるレイド様の姿は、とても貴重だと思う。

あんなに食堂に来るのが嫌だったのに、もう周りの目も気にならなくなった。

持ちきれない程の料理を、レイド様がテーブルに運んでくれる。

こんなに優しい人なのに、私は彼の何を見て嫌っていたのか。知れば知るほど、魅力的な人だと思う。

席に着いて食べ始めると……

「レイド様！　ご一緒しても、よろしいでしょうか？」

やっぱり、ロクサーヌがやって来た。レイド様は返事をしていないのに、すでに隣に座ってしまった。

「あら、お義姉《ねえ》様いたの？　まさかそれ、一人で食べるつもり？　また意地汚いって、デリオル様に言われてしまいますよ？」

ロクサーヌはレイド様と一緒に食事がしたいというよりは、私をバカにする為にここに居る気がする。ロクサーヌのトレイには、サラダしか載っていない。邸では、お肉ばかり食べているのに、学園では少食の女の子を演じているようだ。

「意地汚い？　どこがだ？　俺は、沢山食う女が好きだ。気取って、サラダしか食べないような女は嫌いだ」

きっとロクサーヌは、サラダしか食べないなんて可愛いと言ってもらいたかったのだろう。予想とは違う反応に、ロクサーヌは慌てた。

「これは前菜です！　今から、沢山注文するところなんですよ！　行ってきます！」

ロクサーヌは、注文する為に席を立った。

「よし。今のうちに急いで食うぞ」

レイド様は、ロクサーヌの扱いが上手い。ロクサーヌが注文した料理が出来上がるまでに、私達は食事を終えて席を立った。そこに、料理の載ったトレイを持つロクサーヌが帰って来る。

「え？　レイド様？　どこへ行くの？」

「ご馳走様。俺は食事を残す奴が嫌いだ。あんたはゆっくり食え。急いで食うと、豚になるぞ」

乱暴な言葉だ。少しだけ、ロクサーヌを気の毒に思う。レイド様は、デリオル様とは違う。

「待って下さい！　レイド様ー！」

第十一章　出来れば誕生日までは

食事を終えて教室に戻ると、今度はデリオル様が話しかけて来た。食堂に、レイチェルとデリオル様が居た事には気付いていた。話しかけて来なかったのは、ロクサーヌが邪魔だったからだろう。二人にとって、ロクサーヌが学園に登校して来た事は、予想外だったようだ。

「お前、俺を裏切っておいて、堂々とレイド殿下と食堂にいたな」

いい加減、うんざりする。何度も何度も、同じ事を繰り返す。

不誠実極まりない、あなたが言う事？　大人しく、レイチェルとイチャイチャしていればいいのに。

よし、もうこれからは無視しよう。

詰め寄って来るデリオル様を無視し、目も合わせずに自分の席に座る。

「ちょっと！　デリオル様が話しているのだから、返事しなさいよ！」

レイチェルはデリオル様の言う事なら、何でも聞きそうだ。私の机を両手でバンッと叩き、ムスッとした顔で圧をかけてくる。どうして私は、こんなに分かりやすいレイチェルに騙《だま》されていたのだろう。理由はきっと、私がレイチェルを信じたかったからだ。この学園に入って、毎日話しかけてくれたのはレイチェルだけだった。今思えば、それも計算だったのだろうけど、私にとっては大切な思い出だ。これ以上、大好きだった私の中のレイチェルを穢《けが》さないで欲しい。

「……」

「私まで、無視する気!?」

自分の事を、私が無視しないと思えるのが不思議だ。レイド様を見ると、笑いをこらえているようだ。あの顔は、私の心の中を勝手に想像してる顔だ。

「……」

「いい加減にしろ！　お前、何様だ!?」

目も合わせようとしない私に、イラついているようだ。

『何様』……そのセリフ、そっくりそのままお返ししたい。私は、これでも侯爵《こうしゃく》だ。と、心の中で思いながら、キッとデリオル様を睨み付ける。私の顔が怖かったのか、二人とも動揺している。失礼にも程がある。

その様子を見ていたレイド様は、我慢が出来なかったのか、声を押し殺しながら笑っていた。

レイド様も失礼過ぎる！

「ま、まあ、今日は時間がないから許してやる。じゃあ、俺は教室に戻る！」

「デリオル様!?」

デリオル様は逃げるように、そそくさと教室に戻って行った。レイチェルは知らないのだろうか。デリオル様は、すぐウジウジする泣き虫だ。でもまさか、睨んだくらいで逃げるとは……本当に情けない。こんな情けない男性の、何が良くてみんなは騒いでいたのか。

次の休み時間、デリオル様は姿を現さなかった。彼が来なかったからか、また私の悪口が再開された。考え方によっては、直接絡んで来ない分、悪口の方がマシかもしれない。

今日の授業が終わり、帰る支度をして教室を出ると、ロクサーヌが待っていた。

「レイド様はどこ？」

レイド様と一緒にいる時とは全く違う顔で、私を見る。彼が居ないから、私なんて思い通りになると思っているのだろう。実際、私はロクサーヌに逆らった事は一度もなかった。

あと少し……あと少しの辛抱だけど、レイド様に関しては譲るつもりなんて毛頭ない。たとえ自分の命が危険に晒《さら》されても、彼だけは失いたくない。

彼は先に教室を出て行き、学園から少し離れたところで私を待っていてくれる。その事を、話すつもりはない。

「さあ？　どこかしら？」

シラをきる。

そうしたところで、ロクサーヌが信じるはずはない。

「嘘つかないでよ！　今日もレイド様に邸まで送ってもらうつもりなんでしょ!?　今朝、レイド様が迎えに来てたことも私は知ってるのよ!!」

やっぱり、見られていたようだ。

今朝、一緒に登校する私達を見たから、ロクサーヌはレイド様に付きまとい始めたという事だ。

「叔父様が、私の馬車を処分してしまったから、レイド様が心配して迎えに来てくださったの」

そろそろ、覚悟を決めなければならない。ロクサーヌは私が学園に来ていることも、叔父に話してしまう。出来れば誕生日までは、本当の自分を出したくなかったけど……

「それなら、私の馬車に乗せてあげるわ」

え……？　ロクサーヌが、そんなことを言い出すとは思わなかった。どういうつもりなのだろうか？

「朝も乗せてあげるから、一緒に行きましょう。レイド様にご迷惑をおかけするわけには、いかないでしょう？」

ロクサーヌの、魂胆《こんたん》が分かった。

ロクサーヌは、私とレイド様を見ていて、両思いなのだと気付いた。だから、私がレイド様と婚約することを恐れているのだ。私に王家との繋がりが出来てしまったら、すぐに追い出す事が困難になる。それどころか、追い出す事自体が出来なくなるかもしれない。それを避けようと、必死になっている。ロクサーヌは、確実に私を追い出したいのだ。

それなら、ロクサーヌの誘いに乗ることにしよう。最初の計画通り、叔父達の前では十八歳まで気弱令嬢でいることにした。

「分かったわ。レイド様が待っているから、説明してくるわ」

「それなら、私も一緒に行くわ」

ロクサーヌは、逃がさないと言わんばかりに距離をつめてくる。

一人で行きたいけど、仕方ない。ロクサーヌと一緒に、レイド様の待つ場所へ行くと、事情を察したのか、馬車から降りて来てくれた。

「レイド様あ！　この度は、義姉がご迷惑をおかけして申し訳ありませんでした。これからは、私の馬車で登下校するので、心配しないで下さいね！」

レイド様はロクサーヌの話を聞いた後、私の顔を見た。私はコクリと頷く。レイド様との時間は減ってしまうけど、あと少しの我慢だ。私がレイド様に近付かなかったら、ロクサーヌは叔父に私が学園に来た事を話さないはず。私が学園に来られなくなって、レイド様が邸に来てしまったら困るからだ。

「分かった。じゃあ、帰る」

そのまま、馬車に乗り込むレイド様。その表情からは、今の気持ちが分からない。

私のせいで振り回してしまって、もしかしたら怒っているかもしれないと思うと、胸が痛くなる。

「レイド様、お気をつけて」

私のバカ！　もっと気の利いたことを言えないの？　私の都合で振り回しているのに、レイド様はいつも私の味方でいてくれる……

こんなに素敵な人は、どこにもいない。そんな人が、私を想ってくださっていることに感謝しなくちゃ。

レイド様が乗った馬車が、静かに去っていく……

明日も会えるのに、すごく寂しい。

「さあ、帰るわよ。荷物を持ちなさい！　ここで待ってるから、馬車を呼んできて」

ロクサーヌは踵《きびす》を返し、厳しい表情で命令して来た。

レイド様に会えた余韻《よいん》に浸《ひた》る暇もない。

レイド様がいなくなった途端、ロクサーヌは教材が入った自分のカバンを私に押し付けた。……ものすごく重い。いったい何が入ってるの⁉

「早くしてよ！　いつまで待たせる気⁉」

まだ数十秒しか経っていない。ワガママにもほどがある。急いで馬車を呼びに行き、ロクサーヌのもとに戻って来ると……

「おっそいわよっ！　日に焼《や》けちゃうじゃない！」

それだけ化粧を塗りたくっていたら、日に焼《や》ける事はなさそうだけど。

ロクサーヌはブツブツと文句を言いながら、馬車に乗り込み、私もその後に続いた。

馬車が走り出すと同時に、ロクサーヌは口を開く。

「お父様には、マリッサが勝手に学園に来ていた事を黙っていてあげるわ。今日は私が連れて来た事にするからね。それから、明日からも学園に行けるようにお願いしてあげるから、感謝しなさい」

ロクサーヌが、親切でこんな事を言うとは思えない。優しくするのは、何か魂胆《こんたん》があるという事だ。私に、何をしろと言うのだろうか。

「だから、これ以上レイド様に近付かないで。それと、何でも私の言う事を聞いてもらうわ」

レイド様の事は、ある程度予想していたけど、何でも言う事を聞けとは、どういう事なのだろうか。

「レイチェルに仕返ししたいの。手伝ってくれるわよね？」

レイチェルへの恨《うら》みは、消えていなかったようだ。

何かの本で読んだ事がある。浮気されたら、怒りの矛先《ほこさき》は相手の女性に向くのだと。

仕返しなんかしなくても、あの二人が上手くいかないのは分かりきっている。

でもロクサーヌは、父親までレイチェルと……それを知ったら、ロクサーヌはどうなってしまうのだろうか。

「で、どうするの？　条件を飲む？」

正直、関わりたくはないけど、今の私には選択肢はなさそう。

ロクサーヌの気持ちがレイチェルに向いていたら、レイド様にもご迷惑をおかけしなくてすみそうだし。

「……分かった」

適当に、手伝うフリをすればいい。ロクサーヌが考えつく仕返しなんて、デリオル様を取り戻す事くらいだと思う。

邸に戻ると、ロクサーヌを心配していたのか、門の前で叔父と叔母が待っていた。ロクサーヌが馬車を降りたと同時に、二人とも駆け寄り彼女を抱き締めた。まだ私の事には、気付いていない。

そっと馬車を降り、その場にとどまった。

「ロクサーヌ！　どこに行っていたんだ⁉」

叔父は、少し怒っているようだ。そして叔母は、目に涙を浮かべている。こうして見ると、良い家族に見える。それなのに、叔父は不倫をしていた。

「学園に決まっているじゃない。マリッサも居るわ」

私を見つけると、睨んでくる叔父と叔母。私が連れて行ったわけではない。

「なんでお前が学園に行ったんだ⁉　もう行くなと言ったはずだぞ‼」

叔父はいきなり私の胸ぐらを掴み、大きく前後に揺する。

「あら？　そうだったの？　お父様がそんな事を言ったなんて知らなかったわ。マリッサったら、何も言わなかったのよ」

知っているくせに。ロクサーヌは、さっき言っていた事に反して庇《かば》う気が全くないようだ。まあ、最初から、期待などしていない。

叔父は右手を大きく振りかぶった。

そして……バシンッ‼　と、乾いた音が辺りに響いた。

どうやら私は、叔父に左頬をぶたれたようだ。

一瞬の事で、何が起こったのかすぐに理解できなかった。殴った後、胸ぐらを掴んでいたもう片方の手も外れた。

ジンジンする頬を手で押さえる。

それを見ながら、ロクサーヌはクスクスと笑っている。……ロクサーヌ、覚えていなさい。

「お前、どういうつもりだ!?　私が言ったことも聞かず、ロクサーヌまで連れ出すなんて!!」

叔父の怒りは、殴った後も全くおさまりそうにない。何時だって、怒りは私に向かった。私が何かしても、何もしなくても、私の存在自体が許せないようだ。

「お父様、もういいじゃない。マリッサを連れて行ったのは私よ。明日も学園に連れて行くから、顔が腫《は》れてると困るわ」

庇《かば》ってくれた？　と思ったら、私の顔が腫《は》れているところを、レイド様に見られるのが困るだけのようだ。

「……お前がそう言うなら、これくらいにしておいてやる。明日も行くのか？」

あんなに激怒していたのに、ロクサーヌに止められ、ようやく怒りを収めた。

「行くわよ。レイチェルを絶対に許さないわ!!　あの女、私を侮辱《ぶじょく》してタダで済むと思っているのかしら!?」

あの日、デリオル様に婚約を破棄され、レイチェルに侮辱《ぶじょく》されたことを思い出したのか、顔を真っ赤にして怒っている。

「……ん？　今、なんて言ったんだ？」

ああ、ロクサーヌったら、レイチェルの名前を出してしまった。叔父様、あなたの愛する娘を傷付けたのは、あなたの愛人よ。

「？　『レイチェルを絶対に許さないわ』？」

「な、なんでレイチェルなんだ⁉　デリオルじゃないのか⁉」

叔父様……動揺し過ぎ。そんなんじゃ、ロクサーヌにも叔母様にも気付かれてしまうわ。

レイチェルの名前が出ただけで、ここまで動揺するのだから、本人に会ったらどうなるのだろう。

「デリオル様なんて、どうだっていいわ！　レイチェル……あの女だけは絶対に許さない！　私の婚約者を奪った挙句に、私をアホ女扱いしたのよ⁉　たかが伯爵令嬢の分際で、侯爵《こうしゃく》の娘である私をバカにするなんて許せない‼」

それをロクサーヌが言うのは、ツッコミどころ満載だけど……

自分のことは棚に上げちゃう所が、デリオル様とそっくり。案外、お似合いの二人だったのかもしれない。

「レイチェルが、お前からデリオルを奪ったのか⁉」

叔父も、騙《だま》されていたようだ。レイチェルが、叔父に本気ではないことは分かりきっていたけど。

叔父は、ショックを受けて真っ青な顔をしている。叔父にとって、ロクサーヌがレイチェルに酷い目にあわされた事と、レイチェルがデリオル様と婚約して自分が捨てられた事の、どっちがショックなのだろうか。

「どうしてお父様は、さっきからレイチェルの名前に反応しているの？」

「そうよ。旦那様、様子がおかしいですよ？」

「……」

ロクサーヌと叔母の視線に耐えられなかったのか、叔父は下を向いて黙ってしまった。こんなに分かりやすく動揺するくらいなら、不倫なんてしなければ良かったのにと思う。

「お父様？」

ロクサーヌは、叔父の顔を覗き込む。

「……考えていただけだ。何度か、社交の場で会った事があったからな。レイチェルごときが、私の大切な娘の婚約者を奪うなど許せん!!」

叔父は、どうやらロクサーヌを選んだようだ。……多分。私にとっては酷い叔父だけど、ロクサーヌを愛している事はずっと感じて来た。

曲がりなりにも父親であったという事か。

でも、こんな調子なら、バレるのも時間の問題ではないだろうか。レイチェルもだけど、叔父も分かりやすく動揺していた。二人が会ったら、否定しきれずに認めてしまうかもしれない。

とりあえず、今日はまだロクサーヌを愛しているという事にしておこう。ロクサーヌが復活した事で、またいつも通り、夕食は食堂でみんなでとる事になった。部屋で食べられたら、温かいスープが飲めるかもしれないのに……仕方がない。


夕食を終えて部屋に戻ると、真っ先にレイド様からいただいたブランケットを抱きしめた。

本当だったら、学園の帰りの馬車の中では二人で過ごせていた。昨日の幸せだった帰り道を思い出す。

こんなに誰かを恋しいと思うなんて……私、思っていたよりもずっと、レイド様が好きみたい。

レイド様の事を考えていたら、窓をコツコツと小さく叩く音が聞こえた。窓の方を見ると、メイドのカーミュが周りを気にしながら窓の外に立っていた。

「どうしたの？」

急いで窓を開けると、カーミュは冷たく冷やしたタオルを手渡してくれた。

「マリッサ様、こちらで頬を冷やして下さい」

見つからないように、小声で話すカーミュ。叔父に叩かれた私の頬を、心配してくれたみたいだ。

それにしても、わざわざ外から来るなんて……

「ありがとう。気持ちは嬉しいけど、もうこんな危険なことはしないで？」

気持ちは、本当にありがたい。だけど、自分の事を考えて欲しい。

「それは、出来ません。マリッサ様は、私共の主人です。これくらいは、させていただかなくては困ります！」

怒られてしまった……

私がみんなを大切に思っているように、みんなも私の事を大切に思ってくれているのだと改めて思えた。私は、家族に恵まれている。

「分かったわ。見つからないように、戻ってね」

カーミュは笑顔で頷き、庭を抜けて邸に戻って行った。

渡されたタオルを、殴られた頬にあてる。……冷たくて、気持ちがいい。

気付かないうちに、左頬は熱をもっていたようだ。そのままブランケットを羽織《はお》り、就寝した。

第十二章　三人の学園生活

翌朝、色々な事が元に戻ってしまったから、朝食は水だけ。いつものように、苦痛な時間を耐える。

バナナ……残しておけば良かったな。

「マリッサ、行くわよ！　早く荷物を持って！」

またカバンを持たされ、馬車に乗り込む。完全に使用人扱いだけど、いつもの事だ。

馬車が走り出すと、ロクサーヌは話し始める。

「レイチェルと友達だったのよね？　もっとレイチェルのこと教えてよ」

レイチェルの悪口を言って欲しいのか、目を意地悪くキラキラさせている。

「レイチェルはいつも笑顔で、可愛らしい子だった」

だけど出てきた言葉は、褒《ほ》め言葉だった。思い出したら、何だか悲しくなって来た……

「はあッ!?　可愛らしいとか、どうでもいいわ！　弱味を教えなさいよ！」

そんな事を言われても、レイチェルはずっと私を騙《だま》していたのだから、本当の事を言っていたとは思えない。

「……思いつかない」

「ほんっと、使えない!!　もういいわ！　最初から期待してないし」

レイチェルの事を調べろとか言われなくて良かった。私の事を、レイド様と引き離せればそれで良かっただけみたい。

「そういえば、レイチェルってマリッサ以外に友達はいた？」

「……いなかったと思う。誰もレイチェルには、話しかけていなかったから」

レイチェルはいつも笑顔だったけど、私以外の生徒はレイチェルを嫌っていた。どうして嫌われているの？　なんて聞けないから、私だけはずっと友達でいようと思っていた。だから裏切られた時は、本当にショックだった。レイチェルには最初から、私なんて必要じゃなかったんだ。むしろ嫌われていたのだから。

「そう、良かった。嫌われ者だったのね」

裏切られた相手だけど、何だか私が裏切った気分。ヤメヤメ！　もう私には、関係ないわ。

学園に到着すると、ロクサーヌは一人でさっさと馬車を降りて教室に向かった。ちゃんと、自分の荷物を持って行ってくれたのは嬉しい。きっと、私がロクサーヌの荷物を届けるところを、レイド様に見られるかもしれないと考えたからだろう。

やっと一人になれた。さて、私も教室に行こう。

そう思って馬車を降りると、

「マリッサ様ですか？」

見知らぬ令嬢に、話しかけられた。

「そう……ですけど……？」

私の名前を呼んだのは、見惚《みと》れる程美しい令嬢だった。薄茶色の髪に、大きな茶色の瞳。鼻も高くて、まるでお人形さんみたい。この学園の制服を着ているから、ここの生徒みたいだけど、初めて見る顔だ。こんなに綺麗な人が学園にいたら、絶対に忘れないと思うけど、記憶にない。

「初めまして。私は、アンジェラ・トーリットと申します。今日から、この学園の生徒になりました」

今日からということは、編入して来たという事だろうか。アンジェラと名乗った令嬢は、とても気品があって、凛《りん》としていて……だけど、どこか儚《はかな》げにも見える。トーリット公爵家といえば、とても有名だ。その公爵令嬢のアンジェラ様が、なぜ私の名前を知っているのだろうか。

「初めまして。トーリット公爵家の令嬢が、私に何のご用でしょうか？」

トーリット公爵は、貴族なら誰でも知っているほど有名な方で、現国王陛下の弟君だ。そんなトーリット公爵家の令嬢が、面識のない私にどんな用があるというのか。

「そんなに警戒しないで下さい。マリッサ様の事は、レイドから聞いたのです」

『レイド』という名前を聞いただけで、強ばっていた私の身体から、一気に力が抜けた。

「レイド様から……ですか？」

あぁ、そうか……アンジェラ様は、レイド様のご親戚だ。

「レイドから、面白い子がいると聞いていたのです。だから学園に来たら一番に、あなたに会いたかった」

笑顔も美しくて、穢《けが》れのない澄んだ瞳に吸い込まれそうになる。

面白い子って……私はレイド様の前で、一度も面白いことなど言っていないと思う。こんな綺麗な人に、変な話をしていたら許してあげないんだから。

「レイド様が何を仰《おっしゃ》ったかは分かりませんが、私は面白くないですよ。アンジェラ様の教室は何階ですか？　早く教室に行かないと、遅刻してしまいます」

アンジェラ様は近付いてきて、私の手を握って目を見つめて来た。

「私達、同じクラスよ。仲良くして下さいね？」

すごくフレンドリーな方で、初対面だというのに昔からの知り合いのような、どこか懐かしい感じがした。アンジェラ様に目を見つめられると、同じ女性だというのにドキドキしてしまう。

「そうなんですか!?　こちらこそ、仲良くして下さい！　じゃあ、一緒に教室に行きましょうか！」

始業時間ギリギリになってしまい、急いで教室に向かう。教室に入ると、ちょうど先生が来たところだった。レイド様の方を見ると、私にだけ分かるように目で合図をしてくれた。レイド様の顔を見ただけで、私の心は満たされていた。

アンジェラ様は先生の指示により空いている席に座り、『ありがとう』と、口をパクパクさせて伝えて来た。

私も急いで席に座ると、レイチェルがこちらを睨んだ。

授業中も、ずっと睨んでくるレイチェル。

先生、レイチェルは先生の話を全く聞いていませんよ？　先生が振り向くと前を向く……レイチェルは何がしたいのだろうか。

やっと一限目の授業が終わり、休み時間になると同時に、レイチェルは口を開いた。

「マリッサ、どういうつもり？」

それは、私が聞きたい……

レイチェルは何故か、怒っているようだ。

最近は、常に強い口調だったけど、今日のレイチェルは一段と変だ。

「マリッサ様、学園を案内して下さいませんか？」

私とレイチェルの間に割って入るように、アンジェラ様が話しかけて来た。私を、気遣ってくれたようだ。

わけの分からないことばかり言うレイチェルを、これ以上相手にしていても仕方がない。

「良いですよ。どこに行きましょうか？」

そう言って、立ち上がると……

「ちょっと！　無視するつもり⁉」

私を引き止めるように、レイチェルが手首を掴んで来た。無視はいつもの事だけど、今日のレイチェルはかなり様子がおかしい。

「何か用なの？」

すると、レイチェルは大きく右手を振りかぶり、私の左頬をバシンッと叩いた！

……昨日も、同じところを殴られたのにーーーーーッ!! 私は、どうして殴られたの……? 理由が分からず、ビンタされた左頬を左手で押さえる。連日同じところを殴られ、昨日よりもジンジンしている。

「何してんだ!?」

レイド様が私のもとに駆け寄って来て、心配そうに頬を見た。赤く腫《は》れ上がっているのは、自分でも分かる。

「大丈夫か?」

左頬を押さえている私の手の上に、レイド様の右手が重なる。……違う意味で、大丈夫じゃないかも……。心臓が爆発しそう!

「だ、大丈夫です」

「嘘つくな。涙目になってるぞ」

同じところを殴られた事を差し引いても、昨日の叔父のビンタより痛かった。レイチェルはどれだけ力が強いのだろうか。殴られるのは平気だけど、こんなところをレイド様に見られたくなかった。

レイド様は手を重ねたまま、レイチェルの方を振り返った。

「いきなり殴るなんて、どういうつもりだ!?」

レイド様が、本気で怒っている。今までとは、違う。

「マリッサが悪いのよ! 親友の私を失ったくせに、すぐに新しい友達を作って笑っていたんだから!!」

　はあああァァァ!?　それって私が悪いの!?　理不尽にもほどがあるでしょ!!　どうしてみんな、自分のした事を忘れてしまうの？　ついでに言うと、笑っていたのはレイド様の顔を見られたからだし。まだアンジェラ様とは、そんなに親しくなっていない。遅刻しそうだったしね。確かに、これから仲良くなるつもりだけど、そもそもそれをレイチェルにとやかく言われる筋合いは、これっぽっちもない!!　と、頭の中でレイチェルに抗議する。

「呆れるな。自分勝手で自己中心的。大切に思ってくれていた友達を裏切っておいて、他に友達が出来そうになったら殴るなんてな」

　レイド様は私が言いたかったことを、代わりに全部言ってくれた。どうしてこの人は、こんなに私の事を理解してくれるのだろう……

「レイド、マリッサ様の頬を冷やさないと」

　アンジェラ様が、私の身体を支えてくれている。殴られたくらいで立っていられなくなるほど弱くはないけど、その気持ちがとても嬉しい。


　アンジェラとレイドに付き添われて、マリッサは医務室に行った。その直後、

「何かあったのか？」「何かあったの？」

　デリオルとロクサーヌが教室に来た。

　二人は教室の異様な空気に反応し、同じ言葉を口していた。

「デリオルさまあ！　マリッサが、新しい友達を作っていたんです！　酷いと思いませんかあ⁉」

デリオルの姿を見たレイチェルは、同意を求めながら彼に駆け寄る。

シーンとしていた教室で、周りの生徒達はレイチェルを白い目で見ている。

「新しい友達⁉　マリッサは酷いやつだな！」

デリオルの反応に、彼の事を大好きな令嬢達も、今回ばかりはドン引きしている。

「あははは！　あんた達、白い目で見られてるじゃない！　さすが、友達がマリッサしかいなかった嫌われ女と、マリッサに全く相手にされなかったデリオル様ね！　お似合いじゃない！」

ロクサーヌはここぞとばかりに、二人を攻撃した。やっと反撃する機会が訪れたのだから、そのチャンスは逃さない。

「何だと⁉　お前はその全く相手にされなかった俺に、捨てられたじゃないか！」

デリオルも、負けじと言い返す。

「はぁ⁉　デリオル様なんかに、本気になるわけないじゃない！　容姿しか誇れるところがない、ちっちゃい男を愛せると思うの⁉」

教室にレイドが居ないのだから、ロクサーヌの暴走が止まることはない。

「デリオル様を、侮辱《ぶじょく》しないで！　容姿も性格も悪いロクサーヌのくせに‼　あなたなんて、マリッサが居なかったら注目さえされないわ！」

レイチェルはロクサーヌの髪を掴み、ロクサーヌはレイチェルの髪を掴んだまま、二人は睨み合っている。二人の形相《ぎょうそう》に恐れを抱いたデリオルは、彼女達から距離をとった。

マリッサがいないところで、無意味な争いが起きていた。

医務室に着くと、そこに先生はいなかった。レイド様が、タオルを濡らして私の頬に当ててくれた。

「……冷たくて気持ちいいです。ありがとうございます」

レイド様はビンタされた頬を、じっと見つめながら……

「あんたも災難だよな。なんでアイツら、あんたにこんなに固執《こしつ》してんだ？　……マリッサがこんな目に遭うのが、俺は耐えられない」

レイド様にそんなに心配かけていたなんて……

「すみません……でも、私は大丈夫です。殴られるのは慣れています。ご心配をおかけして、申し訳ありません」

「そんな事に慣れるなよ。俺が守るから」

レイド様の手が、私の頬に優しく触れた。

彼の表情は、すごく辛そうに見える。それ程、心配してくれているのだろう。

守るなんて、そんな言葉は私には一生縁がないと思っていた。彼から、目が離せない。そして彼も、ずっと見つめてくれている。

「私もここにいる事、忘れてませんかぁ？」

見つめ合っていた私達の前で、アンジェラ様は手をヒラヒラさせた。

そうでしたー！　アンジェラ様の前で、恥ずかしい！　思いっきり、二人の世界に入っていた。

痛みとは違う意味で、頬が赤く染まる。

「邪魔すんなよ！　せっかくいいところだったのに！」

……レイド様、お願いだからそれ以上言わないで！　余計に恥ずかしい。

「マリッサ様、私達親友になりましょう！」

レイド様を無視して、アンジェラ様は太陽のように明るく笑いながら、そう言って右手を差し出した。

「え？」

突然、親友になろうと言われ、ビックリし過ぎて目を丸くする。

レイド様の方をチラリと見ると、さっきまで不機嫌そうだったレイド様は笑って頷いてくれた。

正直、もう二度と友達や親友なんて出来ないと思っていた。また裏切られて、傷付きたくなかったからかもしれない。だけど、アンジェラ様なら、本当の親友になれるかもしれない。

「私なんかで良かったら、よろしくお願いします！」

差し出されたアンジェラ様の手を、ぎゅっと握って微笑んだ。

「やったあ！　これからは親友なんだから、マリッサって呼ぶわ。マリッサは私をアンジェラって呼んでね。それと、敬語はなしよ」

本当に喜んでくれているのが、伝わってくる。アンジェラには、不思議な魅力がある。

「分かったわ！　アンジェラ」

そう言って手を離そうとすると、アンジェラはガッチリ手を握ったまま離してくれない。不思議に思ってアンジェラを見ると、にっこり笑っている。

「アンジェラ……いい加減離れろ！　いつまで俺のマリッサの手を、握ってやがる!!」

レイド様は、アンジェラの手を引き剥がそうと必死になっている。さりげなく、『俺のマリッサ』と言われたことが嬉しい。

「まあ、こわーい！　か弱い女の子に言うセリフ!?　マリッサも怖いわよね？」

私に同意を求めて来るアンジェラ。私には、何が何だか分からない。

「えっと……」

「マリッサが困ってんじゃねーか！」

それよりも、この手を離して欲しい。

「マリッサ、気をつけろ！　こいつは、女が好きなんだ！」

ん？　それって……

「マリッサは、そういうの嫌？　もちろん、マリッサへの気持ちは友情よ。だけど、私は男性じゃなく女性が好きなの」

アンジェラは女性だけど、同性である女性が好きという事だろうか。

「そんなこと、全く気にしないよ。アンジェラはアンジェラじゃない。嫌だなんて、思うはずがない」

自然とそんな言葉が出て来た。あれ程強気だったのに、不安げに私を見るアンジェラ。きっと、アンジェラも辛い目にあって来たんだ。王家に生まれたのなら、尚更《なおさら》だろう。それなのに、そんな素振りは一切見せようとせずに明るく振舞《ふるま》っている。

「な？　マリッサは、そんな事は気にしないって言っただろ？」

レイド様は得意げな顔で、アンジェラの肩をポンと叩いた。

「マリッサ……好きになっていい？」

握っていた手を、両手で握られた。そして、手の甲を頬でスリスリされる。

「それは、ダメだ!!」

レイド様は、不機嫌そうに即、却下した。

「なんでレイドが答えるのー!?」

「マリッサは俺のものだ!!　絶対に許さん!!」

レイド様は、気付いているのだろうか……さっきから聞いていると、アンジェラにめちゃくちゃヤキモチを焼《や》いている。

「ケチー！」

「ふふっ」

二人のやり取りがあまりに面白くて、思わず笑ってしまった。何だか楽しい。

「マリッサ！　もしレイドに愛想《あいそ》を尽かしたら、私のところに来るのよ？　私はいつでも大歓迎だからね！」

アンジェラは私に向かって、ウィンクをした。それがあまりにも可愛くて、思わず抱き締めたくなった。

「おいっ‼」

少し焦っているレイド様も、何だか新鮮。

私には、とっても綺麗で優しい親友が出来た。


医務室から教室に戻ると、デリオル様とレイチェル、そしてロクサーヌが言い合いのケンカをしていた。様子を見る限り、言い合いだけではすまなかったようだ。レイチェルとロクサーヌの髪は、めちゃくちゃに乱れていた。

人を陥《おとしい》れる程、気が強い二人なのだから、何があったのかは何となく想像がつく。


昼食は、アンジェラととることになった。お金は、レイド様が出してくれた。いつもいつも、お世話になりっぱなしだけど、遠慮をすると怒られてしまうから、遠慮はしないことにしている。

「おばさん、今日のオススメ全部と、あとこれとあれと……あっちのも！　それと、チーズケーキ三つお願いします！」

あまりにたくさん注文する私を見て、アンジェラは目を丸くして驚いている。

「マリッサって、見た目によらず大食いなのね。そんな細い身体の、どこに入るの？」

初めてここで食事を注文した時の、おばさんの反応と同じだ。レイド様と仲良くなる前は、ガリガリの骨と皮だけの身体だったけど、今は少しお肉がついた。胸も大きく……なってない‼

悲しくなってアンジェラを見ると……おっきい!!　羨ましい!!

「アンジェラ……胸って、どうしたら大きくなるの？」

アンジェラの胸を凝視《ぎょうし》しながら、私は思った。これじゃあ変態じゃないか！

「ん？　何のこと？」

いきなり胸の話をした私に、首を傾げるアンジェラ。

「何でもない。アンジェラは、何食べる？」

アンジェラの胸を凝視《ぎょうし》していたことが恥ずかしくて、話を逸らしてしまった。

きっと、沢山食べればいつかは大きくなるはず。焦るのはやめよう。

「おばさん！　私も今日のオススメを、大盛りで！」

「大食い仲間が出来ましたね！　育ち盛りなんだから、沢山食べないとね！」

おばさんは、大盛りの料理をさらに大盛りにして、私達のトレイに載せてくれた。

アンジェラと私は、おばさんの豪快さに顔を見合わせて笑った。

「あそこ、空いてるみたい。行こう」

空いてるテーブルを見つけて、アンジェラは嬉しそうに笑った。ちょっとした事でも喜ぶ彼女は、とても可愛い。

「「いただきまーす！」」

テーブルに着くと、早速料理を食べ始める。

「「ん〜っ！　美味し〜っ!!」」

二人で、同時に同じ事を言う。

まるで、ずっと友達だったかのようにアンジェラとは気が合う。

お金がなくて、食堂に来れなかった私は、こんな風に女の子の友達と食事をした事なんて一度もなかった。レイド様と食事するのも楽しいけど、アンジェラと食事するのも楽しい。こんな幸せな気持ちにしてくれる二人が、本当に大好き。

ロクサーヌの目があるから、あまりレイド様と一緒にいる事が出来なくなった。それでも、レイド様とアンジェラがいる学園生活はとても楽しい。


昼食を終えて、教室に戻ると……

「デリオル様、私のどこが好きですか？」

「マリッサと違って、可愛いところだな」

レイチェルはイスに座るデリオル様の膝に横向きで座っている。首に腕を回しながらイチャイチャする二人。

休み時間の度に行われる茶番は、未だに継続中だ。

「何あれ？　気持ち悪すぎて殴りたい……」

アンジェラが、私と同じことを思っている……

呆れた顔で二人を見ながら、拳《こぶし》を握りしめて見せるアンジェラに、笑いを堪《こら》えるのが大変だ。

「レイドさまあ！　私達、運命だと思いませんか？」

ロクサーヌも休み時間の度に、レイド様に付きまとっている。あしらい方がどんどん上手くなる彼は、進化してパワーアップしたロクサーヌにも負けていない。そんなレイド様から、何を言われても動じないロクサーヌを、今では色んな意味で尊敬する。

「あっちも……ここは、動物園なの⁉」

動物園のようなこの状況も、もうすぐ終わることになる。明日、マーカスは動き出す予定だ。レイド様とアンジェラには、私から直接伝えたいけど、彼に話すのは難しそう……

「アンジェラ、一つお願いがあるの。聞いてくれる？」


休み時間に校内を案内するという理由を付けて、アンジェラと教室を離れて中庭に来た。

いつものベンチに座り、周りを確認したあとアンジェラに計画の事を話す。

「それ本気⁉　そんなに急で、大丈夫なのかな……」

私の計画の全容を聞いて、驚くアンジェラ。この計画は、全て私が考えたものなので、無理があるのは分かっている。それでも、私はやると決めている。

「もしも明日、噂が広まってしまっても、私は知らないフリをするから、アンジェラにもそうして欲しいの」

計画は前から考えていた事だけど、デリオル様とレイチェルの事があって変更しなければならなくなった事は、マーカスにも伝えてある。門番のキルスは、私の書いた手紙をすでにマーカスに届けてくれている。

正直、この計画が上手く行くかは分からない。だけどこれは、私が侯爵《こうしゃく》だと認めてもらうチャンスだとも思っている。女性だから、若いから、弱いから、そんな風に思われるのはもう耐えられない。

私が侯爵《こうしゃく》なのだと、皆さんに分かっていただく！

「分かった！　私も協力する！　レイドはもう知っているの？」

私の覚悟が伝わったのか、アンジェラは分かってくれて、協力すると言ってくれた。

「ありがとう！　アンジェラ。レイド様には、まだ話していないの。手紙を書くから、渡してもらえるかな？」

「もちろん！」

快く引き受けてくれたアンジェラ。

レイチェルやデリオル様の事は、最初の計画に入っていなかったけど、二人にはどうしても参加してもらわなければならない。

急いでレイド様への手紙を書き、アンジェラに渡した。

明日になってみないと、どうなるかは私にも全く予想がつかないけど、今やるべきことをやろうと思う。

アンジェラが学園への送り迎えをすると言ってくれたから、ロクサーヌにその事を話したところ、喜んで認めてくれた。

　私がレイド様と一緒じゃないなら、どうでもいいのだろう。それに、どうやら私と一緒の馬車が嫌だったようだ……って、私の方が嫌だ！　アンジェラには迷惑をかける事になってしまったけど、嫌な顔一つしないで協力してくれてすごく感謝している。

「送ってくれて、ありがとう。それと、友達になってくれてありがとう」

　帰りの馬車の中で、アンジェラはレイド様の子供の頃の話を沢山してくれた。私の知らないレイド様を、いっぱい知っているアンジェラが羨ましい。アンジェラとも、もっと早く友達になりたかった。

学園を卒業してしまったら、友達であっても、頻繁に会うことは出来なくなる。

「マリッサ、私もレイドも、ずっとあなたの味方よ。だから、無理だけはしないでね」

　そう言って、私が馬車から降りると、アンジェラは計画の相談をする為にレイド様のもとに向かった。

　ありがとう、アンジェラ。

　私には、心強い味方が出来た。お父様、お母様、これから私は自分を取り戻す為に戦う。天国で、見守っていてね。

第十三章　高まる不安

十八歳まで、あと三日。本日、王都や王都の近隣に住む貴族に、いっせいに招待状が届くようにマーカスが手配してくれた。招待状と共に、手紙を同封している。

その手紙の内容は、『この手紙を読んで下さり、感謝いたします。私の名は、マリッサ・ダナベードです。三日後、私は十八歳になり、侯爵《こうしゃく》として一人立ちすることをお伝えしたく、この手紙を書いております。私が侯爵《こうしゃく》の爵位を継いだのは、父ゴードン・ダナベードが亡くなった八歳の時でした。ご存知の通り、十八歳までは後見人が必要となる為、今までは叔父のドナルド・ダナベードが侯爵《こうしゃく》代理を務めてきました。ただ、お伝えしたいのは、この上辺の事実ではなく、これまでのドナルドの行動についてです。私の後見人となった叔父は私を自分の養子にし、ダナベードの邸に家族で越してきました。家族を失った私は、家族が出来たと喜んでいたのですが、現実は違っていました。私の部屋は物置部屋に移され、毎日薄いシーツにくるまり寝ています。それを抗議した執事は、叔父に解雇されてしまいました。食事は一日一食。叔父達は温かい食事を食べながら、私は前日の冷えた残り物を食べて来ました。服は二着しかないので、毎日自分で手洗いしています。そんな日々に耐えて来たのは、私に力がなかったからです。ですが、もう我慢はしません。招待状のことも、手紙のことも、くれぐれもご内密に願います。叔父に味方するような方にはこの手紙は出していませんが、万が一叔父に味方をするのであれば、私は敵とみなします。よくお考えくださるよう、心よりお願い申し上げます。前置きが長くなりましたが、三日後、私の誕生パーティーを開催いたします。急なことではありますが、事情を察していただけたら幸いです。マリッサ・ダナベード』というものだ。

どうしても私は、この邸で決着をつけたかった。

パーティーまでは日がないので、何人の方が来てくれるのかは分からない。だけどこれが、私の侯爵《こうしゃく》としての初仕事だ。

◇

◆

◇

朝食の時間。

いつもと同じ風景。叔父達は、楽しく話しながら食事をする。

いつもと違うのは、私の気持ち。苦痛だったこの時間が、もうすぐ終わる。グラスの中の水を一口飲む度に、水に映し出される自分の顔を見るのも、美味しそうな匂いを嗅ぎながらお腹が鳴らないように必死にお腹をおさえつけるのも、音を立てないように息を殺して耐えるのも、あと少しで終わる。

そんな事を考えていたら、苦痛な時間があっという間に終わっていた。登校の用意をして邸の門を出たところで、アンジェラの迎えの馬車が到着した。時間ピッタリで、少し驚く。

「おはよう、マリッサ！」

朝から爽やかな笑顔で、挨拶してくれるアンジェラ。自然と私も笑顔になる。

「おはよう、アンジェラ！」

挨拶をして、馬車に乗り込む。

アンジェラはロクサーヌと違って、いい匂いがした。上品で少し甘くて、癒されるような、そんな匂い。

「レイドから伝言よ。誕生パーティーの日、『婚約発表もしよう』だそうよ」

婚約という言葉を聞いて、少し考える。

「でも……」

レイド様との婚約を発表すると言ったら、きっとレイチェルもデリオル様も出席する。だけど、その為にレイド様との婚約を利用したくない。

「マリッサが考えている事は、分かっているわ。でもね、『約束は十八歳になるまでだった。これ以上待てない』って、鼻息を荒くしながら言っていたのよ」

鼻息を……そんな姿は想像出来ないけど、レイド様がこれ以上待てないことは伝わった。

私が考えることは、いつだって彼には全て分かってしまう。

「分かりました。お願いしますと、お伝えして」

あとは、あの手紙を読んだ貴族達が、自分の子供達にどれだけ話すか……ね。

学園で噂になれば、ロクサーヌの耳にも入るだろう。ロクサーヌが知れば、叔父も知ることになる。

学園に到着すると、恐る恐る馬車から降りる。

辺りを見回してみても、まだ噂にはなっていないようだ。恒例の悪口は、チラホラ聞こえて来るけど、いつもの悪口を言っているということは、両親から何も聞かされていないという証拠。

ここに居る人達は、何も知らないという事だろう。まさか、悪口を言われて安心する日が来るなんて思ってもみなかった。

教室に入っても、いつも通りだ。これは、貴族達が、誰も自分の子供に話さなかったという事？自分の子供のクラスメイトの事なのだから、そんなはずはないと思うけど……

何も変わらないのが、逆に不安になって来た。

「マリッサ、大丈夫？」

不安が顔に出て、アンジェラを心配させたようだ。

これ以上心配をかけないように、アンジェラの顔を見ながら平静を装って頷く。

「……座って」

アンジェラは私をイスに座らせた後、耳元で囁《ささや》いた。

「レイドよ」

「え……？」

アンジェラの顔を見るとにっこり微笑んでから、耳元で話を続けた。

「レイドが陛下に頭を下げて、マリッサが手紙を出した貴族のもとに陛下が使いを送ったの。もしも話したら、『厳罰に処す』と伝える為に。マリッサには黙っているように言われたけど、本人を不安にさせたら意味がないじゃない」

レイド様と陛下が⁉　私は何も知らないうちに、途轍《とてつ》もなく大きな力で守られていたようだ。

一人でやらなければと思って来たけど、私にはこんなに想ってくださる方がいるのだから、意地を張らずに頼ってもいいのかもしれない。

「ありがとう……アンジェラ。ありがとう……レイド様」

「ねえ、レイドの顔を見て？」

アンジェラに言われて、レイド様の方を見ると……

怒ってる。めちゃくちゃ不機嫌そうな顔をして、こちらを見ている。むしろ、睨んでいる。

「私の顔がマリッサに近いから、ヤキモチ焼いてるみたい。クスクス……」

言われて気付いた。アンジェラの顔が、ものすごく近い。面白がっているところを見ると、彼女はレイド様をからかうのが好きなようだ。

「アンジェラ、レイド様を、あまりいじめないで？」

嫉妬してくれるのは少し嬉しいけど、レイド様の気持ちを弄《もてあそ》びたくない。

「何その可愛い反応⁉　本気で奪っちゃおっかなあ……」

アンジェラはレイド様に聞こえるように、わざと大きな声で言った。

レイド様が、ガタンッと大きな音を立ててイスから立ち上がり、こちらに向かって来ようとした瞬間……

「レイドさまあ〜!!」

間の抜けた声が聞こえて、ロクサーヌが現れた。レイド様はこちらに来るのを諦め、そのままイスに座って更に不機嫌そうな顔をした。

「ぷぷーーーッ!!　あはははっ」

その様子を見ていたアンジェラが、堪《こら》えきれずに笑い出した。公爵令嬢とは思えないくらい、豪快に笑っている。そしてレイド様は、アンジェラを思いっきり睨んでいる。

「アンジェラ……笑っちゃダメ……ふふッ……」

「マリッサも笑ってるじゃない。ぷぷッ」

すごいタイミングで、ロクサーヌの間の抜けた声が聞こえて、さすがに今のはおかしかったの。

ごめんなさい、レイド様……

何事もなく、この日を終える事が出来たのは、レイド様と陛下のおかげだ。

アンジェラの話だと、私とレイド様の婚約の話を陛下も喜んでくださっているみたいだ。今はご挨拶に行くことが出来ない事も承知してくださり、私と会えるのを心待ちにしてくださっているとか……

私も、レイド様のお父様に早くお会いしたい。

陛下にもだけど、彼の二人のお兄様にもお会いしたい。

今日も、レイド様からいただいたブランケットに包まれて眠る。……暖かい。まるで、彼の温もりに包まれているみたい。

ロクサーヌの目があるから、レイド様と気軽に話せなくなって、頭の中は余計に彼でいっぱいになっている。彼がくれた一つ一つの幸せを思い出しながら、彼と話せない日々に耐えて来た。

不思議。彼と話すようになってから、まだそんなに経っていないのに、レイド様が私の一部になっている。私の中で、それ程までに彼の存在が大きくなっていた。

一日、二日と、拍子抜けするほど、何事もなく過ぎて行った。

デリオル様とレイチェルのイチャイチャ劇場にも慣れてきたし、ロクサーヌはレイド様を振り向かせるのに夢中なので、私はアンジェラと楽しい学園生活を送っていた。ものすごーーく、レイド様に申し訳ないと思うけど、私には何も出来ない。

早くレイド様とお話ししたい。ずっとロクサーヌが彼から離れないから、全然お話し出来ない。一緒に食堂で食事をしていたのが、だいぶ昔のことのように思えてくる。

そしていよいよ、明日十八歳の誕生日を迎える。

学園がちょうどお休みの日と重なってくれたので、朝になったら邸を離れる。誕生パーティーは、午後からの予定で、それまでにまだやる事があるからだ。朝になったら窓から抜け出して、マーカスと合流することになっている。今日の夜に、レイチェルとデリオル様のお邸に、婚約発表パーティーの招待状が届くように、レイド様が手配してくれた。

ギリギリの招待状だけど、いまだに私に固執《こしつ》しているあの二人なら必ず来るはずだ。

ずっと、この日が来るのを待ち望んで来た。お父様とお母様を失った日から、私が私でいる事さえ許されなかった。自分を押し殺して生きてきたこの十年間が、どんなに苦しかったか……何も出来ない非力な自分に、どれほど腹が立ったか……

もう、子供の頃の弱かったマリッサではない。

幸か不幸か、叔父達のおかげで、私は強くなった。

叔父達は、本当の私を知らない。明日はどんな顔をするのか、とーっても楽しみ！　だけど、少しだけ不安な事がある。きっと明日の私は、かなり意地悪に見えるだろう。

それをレイド様が見て、幻滅《げんめつ》しないか不安で仕方ない。

でも、こればっかりは、レイド様を信じるしかない。

これが今の私なのだから、もしも幻滅《げんめつ》したとしても、変わることは出来ない。昔の純粋だった頃の私は、もう居ないのだから。

……でもやっぱり、不安だーーーッ!!

そろそろ、レイチェルとデリオル様のお邸に、招待状が届く頃だ。思い返すと、まさか、この二人に裏切られるとは思ってもみなかった。（ロクサーヌは、絶対何かすると思っていたけど……）

だけど、これでよかったと思っている。デリオル様に婚約を破棄される事がなかったら、レイド様と話す事もなかったかもしれない。レイド様と仲良くならなかったら、アンジェラとも友達になれなかったかもしれない。今の私にとって、レイド様とアンジェラが居てくれる事は何より心強い。

そして、何よりも大切な存在だ。

ダナベード侯爵《こうしゃく》家は、この国でもっとも財力を持っている。叔父はダナベード侯爵《こうしゃく》家の財産を、全て自分の為に使って来た。

自分の為というのは、お金に困っている貴族にお金を貸し、逆らえないようにして来たのだ。

叔父らしい、卑怯なやり方。

マーカスはお金を貸した貴族の方達のリストも入手してくれた。

その方達には、他の貴族の方達に送った手紙とは違う、別の手紙を送った。手紙には、私が正式に侯爵《こうしゃく》になることと、借金は返さなくて結構ですから、協力をお願いしたいと書いた。マーカスからの情報によると、皆さん、喜んで協力してくれるそうだ。

お金で買った味方は、お金で裏切るものだという事を叔父に思い知らせてあげる。

今日はぐっすり眠って下さいね、叔父様。明日からは、もうこの邸で眠ることは出来ないのだから。

私の大切な使用人達と、大切な領民達に苦労をさせた罪も償《つぐな》っていただくので覚悟して。

物置部屋で過ごす、最後の夜。

今日も、レイド様からいただいたブランケットに包まれて就寝する。

第十四章　十八歳の誕生日

いよいよ、この日がやって来た。

私は今日、十八歳になった。長かった……すごくすごく長かった。どれ程この日を待ち望んで来ただろう……

もう自分を偽《いつわ》る必要なんてない！　私は、自由だーーーーッ!!　と、心の中で叫んでから、着替えをする。

よし！　じゃあ、出かけよう！

学園以外で邸の外に出るのは、叔父がこの邸に来てから初めての事だ。服を選ぶのも楽しい！

（二着しかないけど……。そして、ボロボロ……）

窓から抜け出して、叔父達に見つからないようにこっそりと邸を出る。この前邸を抜け出した時は、ロクサーヌにバレてしまったから今回は慎重に行く。

慎重になり過ぎて、門まで来るのに少し時間がかかってしまった。

「おはようございます。マリッサ様」

眩《まぶ》しいくらいの笑顔で、挨拶してくれた門番のキルス。キルスとは、ほとんど毎日会っていたけど、こんな素敵な笑顔を見せてくれたのは初めてかもしれない。それだけ、今日という日が来た事が嬉しいと思ってくれているようだ。

「おはよう。キルス」

「マリッサ様、十八歳のお誕生日おめでとうございます！　道の角で、マーカス様がお待ちです。お気を付けて、行ってらっしゃいませ」

キルスは門を開け、深々と頭を下げて見送ってくれた。

「ありがとう、行ってきます」

キルスが言った通り、マーカスが道の角で待っていてくれた。待ち合わせは、もう少し先の曲り角だったはずだけど、私が心配で迎えに来てくれたようだ。

「待ち合わせ場所、違うみたい」

「申し訳ありません。少々、遅かったので心配になってしまいました」

マーカスの額に、汗が光った。かなり、心配させてしまったようだ。

「謝らないで。マーカスには、苦労をかけてしまったわね。それでも、私に仕《つか》えて来てくれたことを本当に感謝してる」

マーカスがずっとそばに居てくれたから、今日を迎える事が出来た。私一人なら、とっくに諦めて叔父の言う通り邸を出て行っていたかもしれない。

「もったいないお言葉です！」

「これからも、私に仕《つか》えてくれる？」

マーカスは深々と頭を下げ、

「この命尽きるまで、マリッサ様にお仕《つか》えしたく存じます！」

そう言ってくれた。

その言葉に気を引き締め直して馬車に乗り込もうと車体を見た瞬間、涙が溢れた。マーカスが用意してくれた馬車は、お父様が買ってくださった、あの馬車だった。

「……マーカス、この馬車……」

マーカスは、ニッコリ笑って頷いた。

「ドナルド様から馬車を処分するように言われた者が、こっそり私のところへ運んで来たのです。修理は終わっていますので、安心してお乗り下さい。マリッサ様、お誕生日おめでとうございます！」

私の大切な馬車……ありがとう……本当に、ありがとう。

十年間、私は不幸なのだと思って生きて来た。両親を亡くし、新しい家族には虐げられ、何もかも奪われて独りぼっちで生きているのだと、勘違いしていた。こんなにも、私の事を想ってくれる家族が居た。マーカスも、他の使用人達も、ずっとずっと私の大切な家族だった。

私は、ずっと幸せだったんだ。マーカスや使用人に感謝しながら馬車に乗り込み、馬車は役所へと走り出した。

役所に行く目的は、叔父との養子縁組を解消する為と、後見人の辞任の手続きをする為だ。

後見人の辞任手続きが先だ。養子縁組の解消には、本来ならば叔父のサインが必要だけれど、後見人の辞任が受理されると、叔父は自動的に平民になる。

そこで、貴族である私の方からの養子縁組の解消が可能になるのだ。

「手続きが、完了致しました。ダナベード侯爵《こうしゃく》、お誕生日おめでとうございます！」

役所の職員の男性が、祝いの言葉をくれた。

誕生日が、こんなに嬉しいのは何年ぶりだろうか。

「ありがとうございます！」

嬉しさのあまり、元気良く笑顔でお礼を言った。

これで、全ての準備が整った。


役所からの帰り道、窓の外の景色が輝いて見えた。もう何も怖くない。全てを取り戻すだけだ！

「マリッサ様、少し寄り道をしてもよろしいでしょうか？」

あとは邸に帰るだけ……と思っていたら、マーカスが急に寄り道をしたいと言い出した。

マーカスの言っていた寄り道とは、ドレスが沢山並んでいるお店だった。私がボロボロの服を着ていたから、気遣ってくれたのかな？

「とにかくお入り下さい」

戸惑いながら店内へ足を踏み入れる。ボロボロの服を着ている私が、高級な店に入って来たからか、店員も客も、コソコソと話しながらこちらをジロジロ見ている。

「やっと来た！」

声がした方を振り返ると、レイド様が立っていた。

「レイド様!?　どうしてこちらに!?」

レイド様とは、邸で会うことになっていた。思いがけずここで会えて、私の声は弾んでいる。

「マーカスに頼んで、マリッサをここに連れて来てもらったんだ。マリッサ、誕生日おめでとう。アンジェラも居るぞ」

アンジェラがお店の奥の方から、ドレスを何着か持って歩いて来た。先日、アンジェラがマーカスの居場所を聞いて来たので不思議に思っていたけど、これが理由だったようだ。

「マリッサに似合いそうなドレス、見つけといたわ！　ドレスはレイドが買って、メイクは私がする。今日は晴れ舞台なのよ？　オシャレしなくちゃ！」

レイド様とアンジェラの顔を見たら、抑えていた感情が一気に溢れて、爆発してしまった。

「う……わあああぁぁぁぁぁぁんッ!!」

二人の優しさに、我を忘れて子供のように大声で泣きじゃくった。オロオロするレイド様とマーカス、涙を拭いてくれるアンジェラ。

私は今、すごくすごくすごーーーく幸せです!!

思いっきり泣いて、スッキリした私は、アンジェラが選んでくれたドレスを試着する事にした。

「マリッサ、凄く可愛い!!」

「……」

アンジェラは可愛いと言ってくれたけど、レイド様は何も言ってくれない。似合っていないのかと不安になる。

「ちょっと！　何見惚《みと》れてるの？　マリッサが不安がってるじゃない！　何か言いなさいよ！」

「あ……悪ぃ……あまりにも綺麗で、言葉を失ってた……」

‼　嬉し過ぎて、今絶対茹《ゆ》でダコより顔が赤くなってる自信がある。そういえば、レイド様にこんな姿を見せたのは初めてだ。いつもは制服だったし、さっきはボロボロの服だった。そう思うと、また恥ずかしくなって更に顔が赤くなる。

「……ありがとうございます」

「二人の世界に入るのやめてくれない？　ドレスはこれに決定！　じゃあ、メイクをさせていただきます！」

服店で個室を借り、アンジェラにメイクをしてもらう。

「マリッサの肌、凄く綺麗ね。白くてキメが細やかで、見惚《みと》れちゃう」

そう言いながら、優しい手つきでメイクをしていく。鏡に映る私は、まるで別人のようになって行く。

「アンジェラの方が、綺麗だよ。初めて会った時、お人形さんみたいだと思った」

鏡越しに、アンジェラと目が合う。

最初に会った時に感じた、儚《はかな》さが今も感じられる。鏡の中から、アンジェラは目を逸らさずに私を見つめている。

「アンジェラ？」

名前を呼ぶと、慌ててメイクに戻る。

「ごめんごめん。あまりに綺麗で、目が逸らせなくなってた」

今日のアンジェラは、どこか変だ。

「アンジェラ……、何かあった？」

「何もないよ。ただ、レイドとマリッサが婚約しちゃうでしょ？　何だか、急に二人が遠い存在になる気がしたの」

「遠い存在なんて、そんなわけない。私はアンジェラが、すっごくすっごく好きだし、一生親友で居たいと思ってる」

アンジェラは、後ろから私を抱き締めた。

「ありがとう、マリッサ。大好きだよ。お誕生日おめでとう」

今日のアンジェラは、やっぱり少し変だ。だけど、どんなアンジェラでも最高の親友だ。

アンジェラにメイクをしてもらった後、二人とは一旦ここでお別れをする。メイクをした私の顔を見たレイド様は、また言葉を失っていた。

マーカスと私は、準備万端で馬車に乗り込み、最後の戦いのためにダナベード邸へ出発した。

◇
◆
◇

マリッサが邸を出た後、使用人達は急いでパーティーの準備を開始した。

「そこのテーブルはあっち！」

「そのグラスは、あのテーブルに並べて！」

「マリッサ様の為に、完璧に準備しろ！　ホコリ一つ見逃すな！」

会場となるホールは着々と準備が進み、ドナルドに気付かれないようにこっそり注文していた沢山のワインや食材が邸に運び込まれている。

そしてようやく目を覚ました、もはや平民のドナルド達。

「この騒ぎは何だ？」

「うるさいわよ！　こんなに早い時間に、何を騒いでいるの⁉」

「お父様、朝から何なの？　うるさくて寝ていられないじゃない」

ドナルド達が起きて来ても、使用人の誰一人として、手を止める者はいない。

「おい！　聞いているのか⁉　何の騒ぎなんだ⁉」

このままでは、いつまでも邪魔をされると思った使用人の一人がやって来た。

「本日は、マリッサ様のお誕生日パーティーがお邸で開かれますので、その準備をしております」

使用人はそう言った後、直ぐに準備に戻ろうとする。

「おい、待て！　誰がそんな事をしろと言った⁉　私は何も許可しておらんぞ！」

当たり前だ。ドナルドの許可など、もう必要ないのだから。

話を聞いたドナルドは、激怒している。

「マリッサ様から、仰せつかりました。招待状も送っており、午後には招待客の皆様がいらっしゃいます」

「何⁉　マリッサが、勝手に招待したというのか⁉　マリッサはどこだ⁉　……いや、まあいい。お前達は仕事に戻れ」

招待客が来ると聞き、怒っている場合ではないと考えを変えたのだろう。

「かしこまりました」

使用人は仕事に戻って行った。

「お父様、どういうこと⁉　どうしてマリッサが、勝手にパーティーなんか開くの？」

「そうよ。旦那様に一言もなく、どういうつもりなのかしら。今すぐ中止させましょう！」

ドナルドの妻、ベレッタが使用人を呼び止めようとすると、

「いや、待て」

ドナルドに止められた。

「お父様？」「旦那様？」

なぜ止めたのか、不思議に思うロクサーヌとベレッタ。

「貴族達を呼んでしまったのだから、パーティーはやるしかない。それに、ちょうどいいではないか。マリッサが十八歳になったら、追い出すつもりだったのだから、マリッサがこの邸を出ることを発表しよう！　今日くらいは、マリッサにも贅沢させてやる」

ドナルドは、アホだった。

完全に、自分は代理だという事を忘れている。十年間、ダナベード侯爵《こうしゃく》家の財産を使い、貴族達を言いなりにさせて来た事で、自分は偉いのだと勘違いしてしまったようだ。もしもマリッサに

優しく接していたら、養子縁組は解消されなかったかもしれない。

だが、そうはならなかった。これから起こることは、完全に自業自得だ。

「そうね！　そうしましょう！」

「やっとマリッサを、邸から追い出せるのね!!」

ベレッタもロクサーヌも、アホだった。

「ねえ、朝食は？」

「ドレスを着るなら、抜いた方がいいわ。太って見えてしまう。それに、ロクサーヌの新しい婚約者も見つけないといけないしね」

「太って見えてもかまわん。私は、食べるぞ」

「お父様……この状況で、誰が朝食を作るのよ？」

「……」

この家族が全員アホだったおかげで、邪魔されることなく着々とパーティーの準備を進める事が出来たのだった。

◇
◆
◇

邸に戻ると、準備を終えた使用人達が玄関で待っていてくれた。こんなに短時間で、準備を終えてくれた使用人達。忙しかったはずなのに、そんな顔一つ見せない。

「マリッサ様、お帰りなさいませ。なんとお美しい！　そして、十八歳のお誕生日、おめでとうございます！」

使用人の一人が前に出て挨拶した後、

「「「お誕生日、おめでとうございます！」」」

使用人達は、声を揃えてお祝いの言葉を言ってくれた。みんなの笑顔を見るのは、凄く久しぶりな気がする。苦労をかけて申し訳ないと思いながらも、ずっとそばに居てくれた事に感謝している。

「みんな、ありがとう。今日まで、よく耐えてくれました。当主である私が至らないばかりに、今まで苦労をかけてしまって、本当にごめんなさい」

心を込めて、頭を下げる。

これからは決して、あなた達に苦労させることはない。

「マリッサ様、私達使用人の事を考えてくださり、本当にありがとうございます！　これからもマリッサ様にお仕《つか》え出来ることを、心より感謝致します！」

私も、あなた達が仕《つか》えてくれることを、心から感謝しているわ。

「そういえば、叔父様達が静かね。まだ起きていないの？」

もう十一時過ぎだ。

さすがに起きている頃だと思っていたけど、姿が見えない。

「マリッサ様のお誕生日パーティーの為に、着替えていらっしゃいます」

え……？　パーティーに出席する気なの？　このパーティーに叔父達が気付いたら、絶対に邪魔してくると思っていた。私を虐げて来たことが、他の貴族達に知られてしまうリスクが高過ぎるからだ。叔父はそのリスクを考え、私をパーティーに連れて行ってくれた事など一度たりともなかった。

「叔父様には、なんて説明したの？」

「マリッサ様のお誕生日パーティーが、お邸で開かれる事と、午後には招待客の方々がいらっしゃる事をお伝えしました」

「そう……」

叔父達は、私のすることに気付いていないようだ。私が十八歳になったら、出て行けと言っていたし、もしかしたら今日のパーティーで私が邸を出ると発表するつもりなのかもしれない。だから、このパーティーに出る気満々なのね。

だとしたら、そのままやらせよう。

「みんな聞いて。今からはいつも通り、叔父様の言う事に従って欲しいの。パーティーを開始したら、叔父様に挨拶を頼んで。きっと叔父様は、自爆してくれるはずよ」

私は見つからないように、窓から部屋に戻る事にした。レイド様が買ってくれたドレスを汚さないように、慎重に中に入る。この部屋には、鏡はない。窓に映るドレス姿を見ると、これが本当に自分なのかと不思議な気分になる。

いつも窓に映っていたのは、みすぼらしいガリガリの私だった。まるで、魔法をかけられたみたいに別人だ。

邸の外が、騒がしくなって来た。急な招待にもかかわらず、沢山の方が来てくださっているようだ。時間が来たので、私は部屋から出て、会場へ歩き出した。

叔父達は、既に会場に入っているようだ。

第十五章　叔父様、もう結構です

会場に入ると、大勢の貴族達がいた。招待状を送ったほとんどの方が、来てくれたようだ。

「マリッサ様、お誕生日おめでとうございます！」

「十八歳のお誕生日、おめでとうございます！」

「ご招待いただき、ありがとうございます！　お誕生日おめでとうございます！」

次々に、祝福の言葉をいただく。

だけど、祝福して下さっているのは、当主だけのようだ。

令嬢や令息達……学園に通う生徒達は、挨拶さえして来ない。きっと、何も聞かされていないのだろう。自分達の両親が、私に挨拶をしていることで不快そうな生徒もいる。

私が内密にと手紙に書いたことと、陛下の『もし話したら厳罰に処す』というお触れのおかげで、皆さん約束を守ってくれたようだ。

この方がいい。生徒達にも、後悔してもらわなければならない。

会場に、レイチェルとデリオル様が入って来たのが見えたので、急いで隠れた。二人の出番は、まだ先だ。今は、見つかりたくない。

アンジェラとレイド様は、パーティーが始まって少し経ってから来る予定だ。

「お集まりの皆様、本日は、マリッサ・ダナベードの誕生パーティーにお越しいただき、誠にありがとうございます。初めに私、ドナルド・ダナベードから、ご挨拶をさせていただきます」

どうして？　という顔をする貴族達。

それは当然の事だ。ここにいる貴族の方々は、私の誕生日パーティーと、侯爵《こうしゃく》として一人立ちするお祝いをしに来て下さったのだから。

私が一人立ちするという事は、叔父は平民になるのだと貴族達は知っている。今更、叔父が挨拶するなんて、おかしな話だ。そんなこととは知らず、叔父は壇上に上がり、話し始める。

「本日は、マリッサの誕生祝いの為にお集まりいただき、誠にありがとうございます。マリッサは、今日で十八歳になりました。立派な大人になったということです。これまで私は、マリッサを手塩にかけて大切に育てて来ましたが、マリッサは私の娘であるロクサーヌに辛く当たって来ました。ロクサーヌを物置部屋に住まわせ、階段から突き落とした事もあります。私達にはもう、マリッサを育てる事が出来そうにありません。従って、今日をもって、マリッサを我がダナベード侯爵《こうしゃく》家から追放致します！」

会場が、静まり返っている。

叔父様、ありがとう。たった今、叔父様は皆さんの前で罪を自白してくれた。

今の叔父は平民なので、その言葉はもう意味を成さないけど、十八歳になったら私を追い出すつもりだったことを自白したようなものだ。養子縁組を解消していなくても、侯爵《こうしゃく》代理が当主である私を追い出せるはずがない。叔父は、そのことに気付かなかったから、私は無事に十八歳を迎える事が出来た。

さあ、そろそろ、私の出番だ。

ゆっくりと壇上に上がると、叔父を見てニッコリと笑って見せた。

「叔父様、もう結構です。これまで、私の代わりを務めて下さり、ありがとうございました。叔父様にされたこと、私は一生忘れません」

笑顔を崩すことなく、叔父を見ながら今まで言えなかったことを話す。

「お前、何を言っているんだ⁉」

皆の見ている前で、取り乱す叔父。私が逆らうとは、全く思わなかったようだ。

「まだお分かりにならないのですか？　あなたの役目は、終わりました。それと、先程の見事な自白、ありがとうございます。私が、ロクサーヌを物置部屋に住まわせたと仰《おっしゃ》っていましたね。物置部屋に住んでいたのはこの私です。ロクサーヌを階段から突き落としただなんて、ロクサーヌに私が突き落とされたのを見ていたではありませんか。私はずっと、あなた達がして来た仕打ちに耐えてきました。それは全て、今日この日の為です。ここにいる貴族の方々は、みんなご存知です。私が今まで、あなた達家族にされたことを！」

叔父の顔が、真っ青になった。

「な、な、何をバカなことを……私達は、マリッサを大切に育て……」

真っ青な顔をして、動揺しまくっているところを見ると、叔父はやっと気付いたようだ。

「何を言っているの⁉　いい加減にしなさいよ‼　養子のあなたを、邸に住まわせて部屋を用意し、食事を与え、学園にまで行かせてあげたのに、図々しいにもほどがあるわ‼」

ロクサーヌが怒鳴り散らす。

だが、会場中の貴族達の頭の中は、疑問符でいっぱいになっているはずだ。

図々しいのはどちらなのだろうか。ロクサーヌが私の事を使用人扱いして来た理由が、やっと分かった。ロクサーヌは自分の父親が、この邸の当主なのだと本気で思っていたのだ。

「ねぇ、ロクサーヌ。残念ながら、叔父様は平民よ」

「はあ⁉　お父様は侯爵《こうしゃく》よ！」

平民だと伝えても、信じようとしない。そう思い込んで生きて来たのだから、今更違うと言われても信じたくないのかもしれない。

「私は八歳の時から、この邸の当主よ。叔父様は、私の後見人で、侯爵《こうしゃく》代理をしていただけ。この邸も、財産も、全て私のものなのに、図々しいのはどっち？」

会場がざわめく。

状況が理解出来ず、黙っていた学園の生徒達も、ようやく理解し始めたようだ。

それでもロクサーヌだけは、私の話を信じようとしない。

「お父様！　マリッサは勘違いしているのよね？　お父様は、侯爵《こうしゃく》よね？　私は、侯爵《こうしゃく》令嬢なんでしょ？」

ロクサーヌは壇上に上がり、叔父に詰め寄る。

「それは……」

叔父は、もう何も言うことなんて出来ない。全てを理解した上で、自分が平民だとは認めたくないのだろう。認めてしまったら、何もかも失う……いいえ、認めなくても全てを失っているのだけど。

「ここにいる、学園の生徒の皆さんも、叔父が侯爵《こうしゃく》だと勘違いしていましたよね？　別に、その事を責めるつもりはありません。ですが、散々私の悪口を言って、しまいには死ねばいいと仰《おっしゃ》った方までいます。言いましたよね？　エリザベス・トロワ様」

会場中の視線が、いっせいにエリザベス様に向かった。

両親を亡くしている私に、死ねばいいと仰《おっしゃ》ったこと、絶対に忘れない。

「わ、わ、わ、私は……そんなことを言った記憶は……」

名指しされて周りの視線を集め、パニックになるエリザベス様。私はそんな視線を、ずっと向けられて来た。

「確かに言いましたよ。私、記憶力がいいんです。私が、エリザベス様に何かしたのでしょうか？」

少し……いいえ、かなりねちっこいと自覚はしているけど、ここでやめるつもりはない。もう二度と、私と同じ目にあう人を出したくないからだ。

「いいえ……何も、されたことはありません。誠に申し訳ありませんでした」

エリザベス様は、泣きそうな顔でうつむいてしまった。あんなにキツい言葉を私に浴びせていたのに、今のエリザベス様は何だか別人みたいに思える。

「謝罪は受け入れますが、反省して下さい。他の方々もそうです。身に覚えがある方は、ご自分のご両親に自己申告して下さい。隠したら、ご自身の破滅を招くかもしれませんよ？」

学園に通っていた生徒達のほとんどの家が、お父様に借金があった。お父様が亡くなり、返さなくてもいいと思っていたようだけど、借用書は全て残っている。

反省出来ないのなら、破滅していただく。

ここに居る貴族達には、何の事か分からないだろう。まさか、自分達の息子や娘が関わっているとは思っていない。それでも、生徒達の様子がおかしいところを見て動揺している。

今まで黙って成り行きを見ていたレイチェルが、歩いて来た。もちろん、デリオル様もその後を追って来る。

「マリッサ、どういうつもり!?　あなたなんかに、そんなこと出来るわけないじゃない!!」

歩きながら、話し出すレイチェル。

自分が一番私を傷付けたと自覚しているからか、口調は怒っているのに声が震えている。

「まあ、レイチェル、来てくれたのね。まだ、デリオル様と婚約しているの？」

来ていた事は知っていたけど、気付かなかったフリをする。

「当たり前じゃない！　私にデリオル様を奪われて、悔しいんでしょ？　だから、嘘の婚約で、私達を呼んだのよ！」

レイチェルは、本当に分かりやすい。私とレイド様の婚約を、嘘だと思っているようだ。

「私達の婚約はサプライズなのだから、今ここで話してしまったらダメじゃない。ああ、そうそう、デリオル様は先程勘当されたから、平民になってしまったみたいよ」

レイチェルの隣にピッタリくっついているデリオル様だったが、先程の叔父のように顔が真っ青になった。

パーティーが始まる少し前、マーカスには私を邸に送り届けた後に、ガーダ侯爵《こうしゃく》に会いに行ってもらった。

そして、借金の全額返済と、婚約破棄による慰謝料を請求したところ、借金の返済は少しずつするつもりだという返事をいただいた。

ただ、婚約破棄による慰謝料までは、ガーダ侯爵《こうしゃく》家が破産することになるからと、息子のデリオル様を勘当し、慰謝料は全てデリオル様に支払わせるとの事だった。

「父上が、そんなこと言うはずないだろ!!」

そう言うと思っていた。

だけど、真っ青になっているところを見ると、ガーダ侯爵《こうしゃく》が息子を切り捨てることも辞さない人物だという事は、分かっているようだ。

「マーカス、お渡しして」

マーカスは、デリオル様にガーダ侯爵《こうしゃく》からの手紙を渡した。

「それを読めば分かるわ。で？　それでもレイチェルが、デリオル様と結婚するというのなら、モストン伯が慰謝料を肩代わりしてくれるのかしら？　あ、その前に、これなーんだ？」

私は一通の手紙を、取り出して見せた。

「……それ⁉」

　この手紙は、レイチェルが叔父に出した手紙だ。最初は証拠なしで揺さぶるつもりだったけど、不倫の証拠となる手紙を使用人が見つけてくれたのだ。

　叔父はやっぱりアホだった。どうして、不倫の証拠を捨てずに大切にしまっておいたのか……

「返してくれ‼」

　真っ青になって、今にも倒れそうなくらいヨロヨロしていた叔父が、必死にこの手紙を奪おうとした。だが私に近付く前に、使用人達が叔父を取り押さえた。

「この手紙は、叔母様に差し上げます」

　壇の下に居た叔母に、手紙を渡す。手紙を受け取った叔母は、それを読んでプルプルと怒りに震えている。

「……あなた、これはいったいどういうことですか⁉　まさか、そこの小娘と浮気していたなんて……」

　手紙を読み終わり、叔母も壇上へ上がって来た。これで壇上には、叔父家族が勢揃いした。

　こんなに出演者が出てくると、まるで演劇の舞台のようだ。……面白くはなさそうだけど。

「え⁉　お父様が、レイチェルと⁉」

　会場にいる全員が、叔父の顔を見てため息をつく。いい大人が、親子ほど年の離れた女性と……しかも、不倫をしていたのだから、呆れるのも無理はない。叔父の性格を知っていた私でさえ、レイチェルと不倫をするなんて思いもしなかった。

きっとレイチェルが、私の情報が欲しくて叔父を誘惑したのだろう。だとしても、その誘惑に惑わされた叔父を弁護する者などいない。

「裏切っていたなんて、許せないわ！　しかも、若い女となんて!!」

取り押さえられている叔父を、ポカポカと殴る叔母。裏切られたことが許せないのか、娘のような若い女性だったことが許せないのか……

「叔母様、その辺にしたらいかがですか？　叔母様に叔父様を責める資格なんてないですよね？　だって叔母様も、浮気していたじゃないですか」

叔母は、毎日食材を配達しに来る市場の店員さんと浮気をしていた。その様子を、使用人達が何度も目撃している。

「お前……ふざけるな!!　私を裏切っていたのか!?」

叔父様……それはお互い様。最近、自分のことは棚に上げる人ばかり見ている気がする。

「お母様まで……不潔《ふけつ》よ!!」

ロクサーヌは涙を浮かべながら、二人を見ている。

それを言うなら義姉の婚約者を奪うのは、不潔《ふけつ》ではないのだろうか。

ロクサーヌも、レイチェルも、身体を使ってデリオル様を誘惑していた事は、分かっている。揉《も》めているのは、こちらだけではなかった。

「お前……あんなやつと、寝ていたのか!?」

デリオル様は、レイチェルを蔑《さげす》んだ目で見ているが、平民になった借金まみれのデリオル様を、他の令嬢が受け入れるはずがない。

嫌でも、ここで我慢しないと借金まみれのただの平民になってしまう。

「……デリオル様を手に入れる為に、ドナルド様に身体を許しました。マリッサのことやロクサーヌの事を、何でも話してくれたんです。だから……」

縋《すが》るように、デリオル様の腕に触れようと伸ばしたレイチェルの手を、彼はパシンと思いきり払いのけた。

「汚ねぇな……俺に、触れるなよ……」

デリオル様は、汚いものを見るような目でレイチェルを見ている。レイチェルは、それでもデリオル様から離れようとはしなかった。

デリオル様の態度に、さすがに私も頭に来た。

もちろん、レイチェルのことは許せない。彼女がした事は、間違っている。それは、変えようのない事実だ。だけど、彼女の気持ちは少しだけ理解出来る。

レイチェルはずっと、デリオル様が好きだった。その事は、今のレイチェルを見ても分かる。その好きな人が、私を愛していて、私はデリオル様に興味がなかった。私を嫌いになるのは、当然だと思う。

私は、親友だと言いながら、彼女が誰を見ていたのかさえ気付かなかった。もちろん、レイチェルは私に気付かれないように上手に演技をしていたのだろう。それでも、レイド様に恋をした今の私なら分かる。レイチェルは、ずっとデリオル様を見ていた。

「デリオル様、いいえ、デリオルさん。あなたは汚くないのですか？　私との婚約中に、簡単にロクサーヌの誘いに乗って、身体の関係を持っていたことも知っています。レイチェルとも、同じように関係を持ちましたよね？　最初から二人を愛してもいなかったくせに、簡単に身体の関係を持ったあなたは、汚くないと言うのですか？　だいたいあなたは、うじうじしてすぐ泣くし、お金遣いも荒いし、誰に対しても思いやりがない。そんなあなたを、レイチェルは本気で愛していたのに……この、最低最悪なナルシストクズ男!!」

ああ、言いたいことが言えて、スッキリした。

自分さえ良ければいいという考え方だから、迫ってくる女性を簡単に受け入れてしまうのだろう。私を愛していると言いながら、女性から迫られたら直ぐに関係を持ってしまう。こんな男を、レイチェルは本気で愛していた。

「マリッサ……」

レイチェルは目をうるうるさせながら、私を見ている。そんな目で見られても、私はあなたが嫌いだし、許せない。

こちらは静かになったけど、叔父達の方が、まだ揉《も》めていた。あちらは放っておこう。

私は今から、一番大切な婚約発表をしなければならないのだから。

第十六章　怒涛《どとう》の復讐

「お見苦しいところをお見せしてしまい、大変申し訳ありません。ここにお集まりの皆様は、私の事情を分かって下さっていると思いますので、ご理解頂けたら幸いです。そして、こんな状況で何なのですが、皆様にご報告があります！」

そこまで話し終えた時、目の端に大好きな彼の姿が映った。彼は真っ直ぐ私を見つめながら、こちらへ歩いて来る。

「そこから先は、俺が話す」

彼が最初から、ずっとそこに居た事には気が付いていた。少し遅れて来る予定だったのに、私の事を心配して早く来てくれた。

レイド様はゆっくり壇上に上がり、私の隣に立って話し始めた。

「私はこの国の第三王子、レイドです。この場を借りまして、私とマリッサの婚約をご報告致します！」

会場中がざわめきたつ。

その理由は、莫大な財力を持つダナベード侯爵《こうしゃく》家が王家と婚姻を結ぶというとんでもない事が起きたからだ。

「その婚約、反対！　反対反対反対反対反対っ!!　レイド様は、私のものです！」

叔父達と揉《も》めていたはずのロクサーヌが、私とレイド様の間に無理やり入り、私達を引き離して全力で反対した。

「はあ……あんた、しつこいしうるさい。化粧分厚いし、その服似合ってない。あと、足が臭い」

……臭そうという表現から、臭いに変わってる。

「まさか……嗅いだのですか？」

「嗅ぐわけねーだろ！」

良かった……って、嗅ぐわけないか。

「……どうしてマリッサばっかり……ふぇぇぇぇん……ズルいー……うわぁぁぁ……」

ロクサーヌは、ついに大声で泣き出してしまった。悪口を言われたから……ではなさそう。子供のように泣きじゃくるロクサーヌを見ていると、本当にただのお子様ではないかと思えて来る。

ロクサーヌの泣きじゃくる姿を見て、会場に居る人達も言葉を失う。駄々《だだ》をこねる彼女を、このあとどうすればいいのか考えながら、ふと壇の下を見ると、アンジェラが呆れた顔をして立っていた。

「まともな生き方を、していないからじゃない？」

ロクサーヌが泣き始めた事で、静まり返っていた会場に、アンジェラの冷静な声が響き渡った。

この状況で、冷静に分析しちゃうアンジェラはさすがだと思う。

「どうしてマリッサばかりって、自分がしたことを、もう忘れたの？　それとも、自分は何をしても許されると思っているの？　泣いても何も変わらない。自らの行いを改めなさい！」

アンジェラは、ロクサーヌに説教をした。

「グス……」

アンジェラの言葉で、何故かロクサーヌが泣きやんだ。いつもの彼女なら言い返すのに、アンジェラの言葉は素直に受け止めたらしい。

ロクサーヌは涙を拭いながら壇上から降り、アンジェラの前に立つ。

「アンジェラさまぁぁ！」

大きな声で名前を呼ぶと、勢いよくアンジェラに抱きついた！　何故か、一瞬にしてロクサーヌはアンジェラに懐いたようだ。アンジェラって、猛獣使いなんじゃ……？

「ロクサーヌは、アンジェラに任せておこう」

レイド様は冷静に言った。

それで良いのかな……アンジェラ、ごめん！

この場で皆さんの事を色々バラしたし、そろそろ決着をつけようと思う。

先ずは……

「デリオルさん、レイチェルとの結婚もなくなったようですし、慰謝料を払えるあてはなくなりましたね。ですから、デリオルさんは、隣国のクルフ公爵のもとに行ってもらいます。クルフ公爵は、デリオルさんを高く買ってくださるそうです。良かったですね」

このカードを、使わなくて済むことを願っていた。デリオル様には、沢山酷い事をされたけど、最後にはレイチェルを選んで欲しい気持ちがあった。なんて、レイチェルが叔父と不倫していたことをバラしたのは私なのだから、そんなことを願う資格はないのかもしれない。

「な、何を、言っているんだ⁉」

すぐに慌てたところを見ると、デリオル様はクルフ公爵の噂を知っているようだ。

「ガーダ侯爵《こうしゃく》からの手紙、最後まで読んでいないのですか？　レイチェルとの結婚がなくなった時は、あなたをクルフ公爵に売ると書いてあります。それで、慰謝料の支払いはなくなります。クルフ公爵は、男性が好きな方だそうですから、可愛がってもらって下さいね？」

クルフ公爵は、綺麗な顔の男性を痛め付けるのが好きだと聞いている。それと……（あとは、ご想像にお任せします）

まさか、ガーダ侯爵《こうしゃく》が自分の息子をそんな方に売るとは……ご愁傷様《しゅうしょうさま》ね、デリオルさん。

「嫌だ！　マリッサ、助けてくれ‼」

最後の希望だった、レイチェルを捨てたのはあなたよ。唯一愛してくれた女性を蔑《さげす》んでおいて、自分は助かりたいだなんて虫が良すぎる。

「私が助けると思います？　さようなら、デリオルさん。もう二度と、お会いする事はありません」

デリオルさんは、膝から崩れ落ち、放心状態になっている。

クルフ公爵の使者が迎えに来て、デリオルさんを馬車に乗せて、直ちに隣国へと出発した。彼は抵抗することなく、素直に従っていた。レイチェルはその様子を、悲しそうに見つめていた。

レイチェルが自宅であるモストン伯爵邸に戻ったら、モストン伯爵は彼女と縁を切るだろう。レイチェルがしたことが公になってしまったので、まともな相手と結婚するのは絶望的になった。レイチェルは一人っ子で、モストン伯爵家を継ぐ事になっていた。だけど、このままレイチェルが爵位を継いだら、モストン伯爵家は終わるかもしれない。

モストン伯爵家を守るには、爵位継承順位第二位の親戚を養子にし、レイチェルを捨てる道しか残っていなかった。たとえ、レイチェルが爵位の継承権を譲ったとしても、結婚しないままモストン家にいるわけにはいかない。モストン伯爵家にとって、彼女は邪魔な存在になってしまった。その事を、すでにレイチェルも気付いている。彼女は静かに会場を出て行った。

さようなら、レイチェル。

次は……

「叔母様、そろそろ落ち着きました？　叔母様が関係を持っていた店員さんですが、ご結婚していた事はご存知でしたか？」

叔母はきっと、店員さんの名前も覚えていないだろう。店員さんの名前は、ケビン。彼は結婚したばかりで、奥さんのお腹の中には、お子さんもいるそうだ。妻が妊娠中に浮気をする最低な男性だけど、生まれてくる子供の為にも離婚はしないと奥さんは決めたようだ。

「そんな事……知らないわよ……」

叔母にとっては、名前も知らないただの遊び相手でも、その人の奥さんは苦しんでいる。

「店員さん……ケビンさんの奥さんのアニーさんは、叔母様に慰謝料を請求するそうです」

お金なんかで、人の心は救えない。そんな事は分かっている。

それでも、アニーさんは子供を育てるためのお金を望んだ。

「そんな……私達はただ、身体だけの関係なのよ？　心なんて求めてなかった！」

叔母は焦り出した。

叔父が平民になった今、慰謝料を払える当てなんかない。

「それを、不倫と言うのですよ。そんな言い訳、通用するはずがないではありませんか。キチンと働いて、支払って下さい。この邸に来てから買った宝石や、服を持ち出すことは私が許しません。ロクサーヌもです。これからあなた達は、侯爵《こうしゃく》夫人でも侯爵《こうしゃく》令嬢でもなく、平民として生きて行くのです」

叔母は、絶望してその場に崩れ落ちた。その様子を見ていたロクサーヌは、叔母に駆け寄り、身体を支えている。

二人には、これから真っ当に生きて欲しい。

そして最後に……

叔父の前に立ち、叔父の顔を真っ直ぐ見る。

今まで、こんな風に叔父の顔を見た事はなかった。目が合っただけで、彼は私を殴り付けてきた。

彼の顔を見ただけで、皿やグラスを投げつけられた。まだ八歳だった私は、恐怖で毎日怯えていた。

何もしてはいけない……子供ながらにそう考え、物音も立てず、まるで死人のように生きて来た。

今日という日を、どれほど待ち望んだことか。

「叔父様、私は叔父様が初めて邸に来た時、独りぼっちじゃないのだと、本当に嬉しかったんです。だけど違った。あなたは私の人生を、私の感情を、私自身をずっと壊し続けて来た。それも今日で終わりです。叔父様は先程、私をこの邸から追い出すと仰《おっしゃ》っていましたね。それは、私から爵位を奪おうとした事になります。ですから、叔父様は犯罪者です。ですが、犯罪者として収監されたら、今まで叔父様が使ったダナベード家の財産は戻って来ません。という事で、叔父様には、ゾギアード島に行ってもらいまーす！」

私に恐怖という感情を教えてくれた叔父には、とっておきの恐怖をプレゼントしよう。

「ゾギアード島⁉　冗談……だよな……？　お前は私に、あんなところへ行けと言うのか⁉」

私の腕を掴もうとした叔父を、使用人達が止める。こんなに大勢の貴族達の前で取り乱してしまう程、ゾギアード島は酷い場所だ。

ゾギアード島とは、島の真ん中に大きな鉱山があり、その鉱山からは貴重な鉱石が採れる。だけど、厳しい労働を強いられるその鉱山は、毎日死者が出るほど危険な場所でもある。ゾギアード島にいるのは、罪を犯している上に借金がある者がほとんどで、どんなに賃金が良いからといっても、普通の人は近付きもしない。

「本気に決まっているではありませんか。叔父様がこの邸に来てから使ったダナベード家の財産は、いくらだと思っているのですか？　そこにいる、マーゴ伯爵、デインドール侯爵《こうしゃく》、アデード侯爵《こうしゃく》、ソーマ伯爵にお貸ししたお金は、全部叔父様から回収させていただきます」

四人の貴族達は、名前を呼ばれて壇上に姿を現す。

「な、な、何故、そいつらに貸した金を、私が払わなければならないのだ⁉」

それは、あなたが勝手に貸した挙句に、この方達を脅し続け、言いなりにさせていたからだ。

「皆さんの借金は、私がお貸ししたお金ではありません。叔父様が勝手にお貸ししたお金です。叔父様から返していただくのは、当然ではありませんか。それに、借金を利用して言いなりにさせようというその根性が許せません。叔父様がした事は、全てこの方達から聞きました。私だけでなく、多くの方を苦しめた分、叔父様には苦しんでいただきます！」

「マリッサ！　私はたった一人の叔父ではないか！　頼む！　助けてくれ！」

私の足に縋《すが》りつこうとしたが、また使用人達に止められる。使用人達は、私に叔父を近付けたくないようだ。

叔父は何故、そんな事が言えるのか。この人は、根っから腐っている。たった一人の叔父は、私を苦しめる存在でしかなかった。愛情を必要としていた八歳の私に、あなたは恐怖を与えたのよ。

「叔父様には、生きて借金を返して頂かなければなりません。だから、死なないで下さいね？　いいえ、死ぬことは許しません。大丈夫ですよ。百年くらい働けば、借金はなくなりますから」

私は、満面の笑みを浮かべてそう言った。

叔父もデリオルさん同様、放心状態になってしまった。

「天使のような笑顔で、悪魔のようなことを仰《おっしゃ》る……」

「マリッサ様には、決して逆らってはいけないな……」

会場に居る皆さんも、私を怖がっているようだ。だけど、これでいい。

ゾギアード島では、食事は一回で、パンを出されるそうだ。もちろん、働かなければ食事は貰えない。

毎日死の恐怖と戦いながら、生きていかなければならない。

ゾギアード島を選んだ理由は、私が味わった苦しみを叔父にも味わわせたかったからだ。

「それでは叔父様、ここは私の邸ですので、そろそろ出て行ってくれます？」

叔父は使用人達に両腕を掴まれ、用意していた馬車に乗せられた。その馬車で、ゾギアード島に行く船が出る港まで行き、船に乗ってもらう。

その船には、乗組員の他に、看守、囚人、そして鉱石を買う行商人が乗っている。

マーカスが、叔父を船に乗せる所まで見届けるそうだ。私はここで、叔父とはお別れになる。

もう二度と、会うことも思い出す事もないだろう。

「改めまして、急な事にもかかわらず、お集まりいただきまして誠にありがとうございます。お見苦しい点も多々ありましたことを、お詫び申し上げます。ここからは、楽しんでいただけたら幸いです」

挨拶をして、私はレイド様と共に壇上を降りた。随分長い挨拶になってしまったけど、これで私の復讐は終わった。

「レイド様、私のこと……幻滅《げんめつ》しましたか？」

ずっとそれが心配だった。先程も、他の方に悪魔のようだと言われてしまったし。

「するわけがない。あんたから話を聞いて、頭では理解していたつもりだったけど、今日のあんた

を見ていたら自分が何も分かっていなかったのだと思い知った。どれほど辛い目にあってきたんだよ……守ってやれなくて、本当に悪かった」

そんな事はない。レイド様がいたから、私は今日まで耐える事が出来た。誕生日まであと少しというところに来て、あんなに色々な事が起こるなんて思ってもいなかったから。

だけど、そう思ってくださる気持ちは素直に嬉しい。

「過去を振り返るのは、今日で終わりです。やっと私は、本当のマリッサ・ダナベードに戻れたのですから、レイド様と一緒に前だけ向いて生きて行きたいです」

過去に囚われていたら、私は前に進むことが出来ない。何もなかった事には出来ないけど、これからは自分らしく生きられる。それに、私には愛する人が出来たのだから、幸せにならないわけがない。

「……強いな。それに、カッコイイ」

いつもの笑顔を見せてくれるレイド様。あなたが居るから、私は強くなれる。

「カッコイイは、女の子にとって褒《ほ》め言葉ではありませんよ。レイド様は、私のどんなところを好きになって下さったのですか？」

本当はどんな言葉でも嬉しい。けれどあまりに照れくさくて、誤魔化《ごまか》してしまった。それに、レイド様がどうして私を好きになったのか、知りたかったのもある。

「な⁉　いきなり、そんなこと聞くなよ！」

めちゃくちゃ焦っている。いいえ、照れているのかも。

「いいではありませんか。私達、婚約したんですよ？」

照れて困り顔をしながらも、話してくれるレイド様に、愛しさが込み上げてくる。

「……最初は、自分を見ているみたいで、気になっただけだった。俺の話を聞いたあんたが、兄が俺を自由にさせたかったんじゃないかって、言ってくれたことを覚えているか？　あれがきっかけだった。あんたに言われなければ、俺は兄を今でも許せなかったかもしれない。あんたのおかげで、俺は人を恨《うら》み続ける最低な奴にならずにすんだんだ」

私はただ、レイド様が素敵な人だから、お兄様もそうなのではないかと思っただけだ。

だから、それはレイド様が言わせた言葉だ。

「それと、マリッサの食べっぷりに惚れた」

からかうように、両頬をつままれた。

「いひゃいれす（痛いです）」

「マリッサは？　俺のどこが好きなんだ？」

いたずらっ子のように笑うレイド様に見つめられて、心臓の鼓動が跳ね上がる。自分がどうにかなりそうだから、こんな顔も好きな事は、話さないでおこう。

「全部です」

「それはズルいと思うんだが？」

「女の子はズルい生きものですよ？　諦めて下さい」

本当に、レイド様の全部が好き。

どんな時も、彼だけは私を信じてくれた。私の事を、応援してくれた。こんな素敵な人に出会えたのは、奇跡なんじゃないかと思う。

「仕方ない、諦めてやるか」

そう言いながら、私の手を握った。レイド様の温もりを感じて幸せを噛みしめる。

やっと、誰にも邪魔されることなく、レイド様と一緒にいられる。

学園に一緒に登校して、休み時間に笑い合って、お昼休みに一緒に食事して、帰りも送ってもらって……今まで我慢していた分、思いっきり甘えたい。考えただけで、顔がにやけてしまう……

「……なんでそんなににやけてんだ？」

はっ！　レイド様に見られてしまった！

「今日から、思う存分食事を食べられるのかと思うと、嬉しくって……えへへ」

「あんたらしい。あははは っ」

思わず誤魔化《ごまか》してしまったけど、レイド様の事を考えてにやけていたなんて、恥ずかし過ぎて言えない。明日からは、幸せな未来が待っている。

第十七章　もう戻れない　―レイチェル視点―

パーティー会場を出て邸に帰ると、リビングで両親が泣いていた。

きっと私が出かけた後に、全てを聞いたのね。

自分がしたことを、今更後悔しても遅いのは分かっている。だから私は、気付かれないように部屋に行き、荷物をまとめた。

お父様とお母様に、出て行けとは言わせたくない。〝ごめんなさい〟と、一言だけの手紙を残し、邸をあとにする。

どうして、こんな事になってしまったのだろう……

学園に入学した時から、デリオル様の事が好きだった。一目惚れなんて信じていなかったけど、彼を見た瞬間、一目で恋に落ちた。だけど、彼にはマリッサという婚約者がいた。あの頃のマリッサは、とても綺麗で、人気者で、非の打ち所がなかった。そんな彼女に、勝てるはずがない。マリッサのそばに居たら、デリオル様に認識してもらえるかもしれないと思った私は、彼女に近付いて友達になることにした。

正直言って、私はみんなの嫌われ者だった。見た目も普通で、成績は中の下、何の取り柄もないし、性格も暗い。誰も友達になってくれないから、誰かに話しかけることもなかった。一人でも全然平気だし、大好きなデリオル様を一日一回でも見る事が出来たらそれだけで幸せだった。

だけど一度だけ、デリオル様と目が合ったことがあった。姿を見るだけで幸せだったはずなのに、いつからか彼に私の事を認識して欲しいと思うようになっていた。だから私は、勇気を出してマリッサに話しかけた。

「お……はよう……ございます」

勇気を出したのに、普通におはようと言うことさえ出来なかった。私って本当にダメだな……そう思っていたら、

「おはようございます。レイチェル様」

マリッサは挨拶を返してくれた！　しかも、私の名前まで知っていてくれたなんて感激だ。

「おはようございます！　マリッサ様！」

すごく嬉しかった。嬉しかったのに……

毎日毎日、マリッサに会いに来るデリオル様を見ていると、嫉妬で頭がおかしくなりそうだった。

マリッサは初めて出来た友達だった。彼女はとても優しくて、私がみんなから嫌われている事に気付いているのに、私を避けたりしなかった。

マリッサは侯爵《こうしゃく》令嬢で、あんなに素敵なデリオル様の婚約者で、みんなの人気者なのに、こんな私の事を気遣ってくれる。だから、この嫉妬はしまっておかなければならない。マリッサとデリオル様が幸せなら、それでいいと自分に言い聞かせていた。

だけど……マリッサは、デリオル様を愛してはいなかった。

「マリッサは、デリオル様のどこが好きなの？」

何気なく聞いた質問だったけど、思いもよらない言葉が返ってきた。

「……デリオル様は、親が決めた婚約者なの。好きになろうと努力したけど、それは無理みたい」

その言葉を聞いて、マリッサを許せなくなった。

冗談じゃない!! 私の愛するデリオル様を、何だと思っているの!? デリオル様がマリッサを好きな事は、見ていれば分かる。どれほど大好きなのか分かっているから、嫉妬する気持ちが止まらない。

あなたの為に抑え込んできた私の気持ちを踏みにじった……マリッサの事だけは、絶対に許せない！

こうして私は、マリッサからデリオル様を奪う事を決めた。

気持ちを知られないように努力していたから、マリッサは私がデリオル様を好きな事に気付いていない。

マリッサはデリオル様を、何とも思っていないのだから、奪っても気にしないのかもしれない。

何だか、それが余計に腹が立った。

こんなに愛されているのに、何が不満だというのか。あんなに素敵な人を、愛そうとしないマリッサは、どこかおかしいのかもしれない。

私は、もっとマリッサと親しくなる事にした。

親友になってから、裏切ろうと思った。マリッサを苦しめることしか、考えられなくなっていた。

今思えば、私は自分勝手だった。マリッサは何も悪くない。それどころか、みんなの嫌われ者の私に優しくしてくれた。どうしてその事を、忘れていたのだろう。

私がデリオル様を好きなことも知らなかったし、親が決めた相手なのも、好きになれないのも仕方がない事だ。だけど、あの時の私は、裏切られた気持ちだった。

マリッサと更に仲良くなっていった私は、彼女の事を調べ始めた。マリッサの叔父のドナルドに近付き、話を聞こうと考えた。

だけどドナルドは、何故かマリッサの事を話したがらない。仕方なく、色仕掛けをしてみる事にした。

誘ってみたら、案外簡単に乗ってきた。そして私は、情報を聞くためにドナルドと寝た。

正直、何をしているのか自分でも分からなくなっていた。でももう、ここまで来てしまったら引き返せなかった。

ドナルドと寝ても、結局マリッサの情報はほとんど得られなかった。そうこうしてるうちに、マリッサの義妹のロクサーヌが、マリッサからデリオル様を奪ってしまった。マリッサの事をあんなに愛していたデリオル様が、まさかロクサーヌなんかに惑わされるなんて思いもしなかった。

モタモタしていたらダメだ！　デリオル様が、ロクサーヌと結婚してしまう！　そう思った私は、ドナルドに本気だと思わせる為に愛してると手紙を書いた。そして、ロクサーヌの情報を引き出す事に成功した。

デリオル様は、ロクサーヌを愛しているわけじゃなかった。自分を愛してくれないマリッサに、復讐がしたいだけ。それならば、私にもチャンスはある。

デリオル様を呼び出し、マリッサと親友である私と婚約すれば、マリッサを傷付けられると提案した。ずっと好きだったデリオル様に抱かれながら……

そしてデリオル様が、私の婚約者になった！　ずっと想っていた彼が、私のものになったのだ。絶対に手放したりしない！　ロクサーヌみたいに捨てられない為には、マリッサの関心をひく必要があった。

毎日毎日教室で、マリッサに見せつけながらイチャイチャする。正直、デリオル様がマリッサしか見ていないのだと思い知らされて辛かった。それでも構わない。彼のそばに居るのは、私なのだから。彼は誰にも渡さない。

ある日、マリッサは私以外の友達を作り、彼女に笑いかけていた。親友は私だったのに……許せない！　気付いたら私は、マリッサの頬を叩いていた。

この時、本当は自分の気持ちに気付いていた。マリッサが大好きだったという事に。私以外の友達に、笑いかけていたのが嫌で嫌で仕方がなかったから。

もうマリッサは、私を友達だとは思っていない。それだけ酷い事をしたのだから、戻ることなんて出来ない。私は愛する人を選んだのだから、このまま進まなければならない。そう心に決めていた。

そして今日、私は愛する人も失った。自業自得。そんなことは、分かっている。マリッサがあの邸で、あんなに辛い目にあっていたことさえ知らなかった。本当に私は、バカな女だ。

マリッサが私の為に怒ってくれた事、本当に嬉しかった。あの瞬間は、仲が良かった昔に戻れたような気がした。

もう会う事はないだろうけど、マリッサには幸せになって欲しい。今は、心からそう思っている。

私はこの国を出て、隣国に行こうと思う。姿を見る事が出来なくても、デリオル様がいる街で暮らしたい。

第十八章　全く変わった学園生活

パーティーが終わっても、ロクサーヌはアンジェラから離れようとしなかった。

「いい加減にしなさいよ！　いつまでもくっつかないで!!　鬱陶《うっとう》しい！」

アンジェラは、ウンザリしているようだ。ロクサーヌが何を言われても動じないのは、レイド様にまとわりついていた時に証明されている。

もう他の方は、とっくに帰ってしまった。

「アンジェラ……大変そう……」

何を言っても動じないロクサーヌに、相当苛立っているようだ。アンジェラが叱ってから、パーティーの間中ずっと付きまとわれていたのだから無理もない。

「そう思うなら、助けなさいよー！」

心苦しかったけど、私は少し離れたところで見ていた。

……ごめん、アンジェラ！

「ロクサーヌ、もう行きましょう。ここは、私達の居場所じゃないわ。きっと、夢を見ていたのね。私達には、分不相応な暮らしだった。これからは、真っ当に生きなくちゃ」

叔父がゾギアード島に行った事で、叔母はようやく現実を受け入れたようだ。今までの叔母とは違って、どこかスッキリしたように見える。元々は平民として暮らしていた叔母にとって、貴族の生活は思いの外ストレスが溜まっていたのかもしれない。本当は、自由に生きたかったのかな……

「マリッサ様、今まで誠に申し訳ありませんでした。私達は街で仕事を探して、慰謝料を払いながら生きていくつもりです。この街から出ていくお金はないので、同じ街で暮らすことをお許し下さい」

完全に吹っ切れた感じの叔母に、これ以上苦しんで欲しいとは思わない。慰謝料をきちんと支払って、アニーさんに償《つぐな》ってくれればそれでいい。

「わかりました。お二人が真っ当に生きて下さるなら、どこで暮らしても気にしません。どうか、お元気で」

叔母はロクサーヌと一緒に、何も持たずに邸から出て行った。ロクサーヌは、何度も振り返ってアンジェラを見ていたけど、大人しく叔母の後について行った。

「やっと解放されたー!!」

アンジェラは、両手を大きく広げて喜んだ。アンジェラのおかげで、ロクサーヌが変わったように思う。前のロクサーヌだったら、こんなに簡単に出て行ったりはしなかった。全てを失ったというのに、アンジェラのそばに居る時は楽しそうな顔をしていた。

「アンジェラ、お疲れ様。今日は、本当にありがとう」

飲み物の入ったグラスを、アンジェラに渡す。

「マリッサこそ、お疲れ様。マリッサの天使の笑顔で悪魔の囁《ささや》き、胸がキュンとした!」

私の手を握りながら、目をキラキラさせて見ている。

そこで⁉　胸キュン⁉　そこは、普通なら引くところだと思う。それでも、こんな風に私の事を思ってくれるアンジェラが大好きだ。

「聞き捨てならねーな！　お前は、ロクサーヌにキュンとしてろ！」

アンジェラの言葉に反応するレイド様。

「それは酷くない⁉　ロクサーヌはないわ！　私にも、選ぶ権利はある！」

思いっきり首を振り、ため息をつくアンジェラ。

あんなにアンジェラに懐いていたのに、完全に拒絶されるロクサーヌが、少しだけ気の毒に思えた。でもやっぱり、ロクサーヌはない。

三人で話していると、使用人が小さなテーブルとイス、そしてお茶を用意してくれた。テーブルを囲みながらお茶を飲んでいると、

「マリッサ様のお部屋を、元のお部屋にお戻ししました」

メイド達が、嬉しそうに報告して来た。

ロクサーヌの使っていた部屋を、私の部屋に戻してくれたようだ。と言っても、私の荷物は服二着と制服、そしてレイド様からいただいたブランケットくらいだけど。

ロクサーヌは着の身着のまま出て行ったから、私物は残っている。生前にお父様やお母様からいただいた物も……

やっと、邸を取り戻せたのだと実感した。

「そろそろ帰るか。マリッサ、明日迎えに来るからな」

レイド様がイスから立ち上がった。少し寂しいけど、外はすっかり暗くなっていて、これ以上お引き止めするわけにはいかない。

「はい。お待ちしています」

「ちょっと！　私は？　マリッサは、私と学園に行くんじゃないの⁉」

アンジェラは、不服そうに頬を膨らませて見せた。本当は私達の事を祝福してくれているのに、いじけたところを見せるアンジェラがとても可愛いと思えた。

「お前は、昨日で終わり！　ずっとマリッサと一緒だったんだから、これからは俺の番だ！」

アンジェラ、ごめんね。アンジェラとの登下校、凄く楽しかった。だけど、私もレイド様と一緒に居たい。

「しょうがないわね。マリッサ、私との時間も作ってね？　じゃあ、今日は帰る。また明日ね」

二人はじゃれ合うようにケンカをしながら、仲良く帰って行った。二人とも、本当にありがとう。

レイド様とアンジェラに出会えたことが、私の人生で一番の幸運だよ。この幸運を、絶対に手離したくない。

何もかも諦めて生きて来た私には、こんな気持ちになる事は初めての経験だ。

この日は、ふかふかのベッドで、レイド様からいただいたブランケットを抱きしめてぐっすり眠れた。

◇
◆
◇

翌朝、清々しい気持ちで目覚めると、ドアをノックする音が聞こえて来た。

ベッドの中で返事をすると、メイドがドアを開けて入って来る。こんな光景、何時ぶりだろう。

「マリッサ様、朝食の準備が出来ております」

そう言ったメイドの顔が、イキイキしているように見える。うるさかった叔父達が居なくなり、自分達が良いと思った事が出来るのが嬉しいようだ。

「ありがとう。すぐに行くわ」

昨日までの日々とは、大分変わったのだと実感する。何より、朝食が食べられるなんて、夢のよう。

お腹いっぱい朝食を食べて、大好きな使用人達に見送られながら迎えに来てくれたレイド様と一緒に学園へ出発する。

朝からレイド様の顔が見られて、一緒に登校出来るなんて嬉し過ぎて、ここは天国なんじゃないかと思えて来る。

「その顔、他の奴の前でするなよ」

何の事だろうと思って首を傾げると、

「……可愛すぎるからやめてくれ」

顔を赤くしながらそう言われて、私まで顔が真っ赤になる。

気付かないうちに、幸せいっぱいの顔をしていたらしい。

二人して顔を赤く染めたまま、馬車が到着した。

照れながら二人で馬車を降りると、今までの学園とはまるで違う別世界のような光景が目の前に広がっていた。

「「「おはようございます！　マリッサ様！」」」

生徒達がズラッと並んで、私が来るのを待っていたようだ。

何⁉　一体、何が起こっているの⁉　あまりに予想していなかった出来事に言葉を失っていると、エリザベス様が前に出て来た。

「マリッサ様、私達全員、反省しております。これからは心を入れかえ、マリッサ様にお仕《つか》え致します！」

……どうして、そんな結論に⁉　反省してくれたのは嬉しいけど、私は普通の学園生活を送りたい。毎朝こんなことをされたら、物凄く困る！

「あなた達は使用人ではないのですから、私に仕《つか》える必要なんてありません。反省して、ご両親にお話ししたのなら、これからはそのような事がないようにして下さい。こんな事をされたら、困ります」

それだけ言って、レイド様と教室に向かって歩き出す。すると……

「マリッサ様、私達は昨日のマリッサ様の姿に感動したのです！」

「マリッサ様の、強くて美しいお姿に憧れを抱きました！」

「昨日のマリッサ様が、頭から離れないのです！」

目をキラキラと輝かせている生徒達。

無理！　何、この状況！　無理無理無理無理!!　私は、愛するレイド様と大好きなアンジェラと、ごく普通の学園生活を送りたいだけなのに！　これじゃあ、結局どこに居ても、落ち着かないじゃない！　断固拒否!!

「そう思ってくださるのは、凄く嬉しいです。ですが、私は皆さんの保護者ではありません！」

強気でいけば、何とかなるかもしれない。

そう思って、少し強い口調で宣言した。

「私達は、マリッサ様のようになりたいのです！」

「見捨てないで下さい……」

ダメだった……

皆は祈るように私を見つめる。私は神ではないし、皆さんの期待には応えられない。

「ぷぷぷッ……」

レイド様は必死に笑いを堪《こら》えていたけど、堪《こら》えきれなくなって吹き出している。

どうしたらいいか考えあぐねていると、なぜか急にエリザベス様達の顔が強ばった。

「そんなところで、何をしているの？　授業が始まってしまうわ！」

声がした方を振り向くと、そこには生徒会長が立っていた。どうやら、エリザベス様達は生徒会長を見て顔を強ばらせたようだ。

「フィリア様……私達は、マリッサ様にご挨拶を……」

「挨拶？　どうして挨拶だけで、生徒達がこんなに集まっているのかしらね。マリッサ様は女王様にでもなったおつもりなのかしら？」

生徒会長はまるで品定めをするように、私の姿を上から下まで舐めるように見る。彼女と話すのは初めてだ。一度、レイド様と一緒に生徒会室で制服を譲っていただいた事はあったけど、会うことはなかった。彼女のことは、フィリア様という名前と公爵令嬢ということくらいしか知らない。だけど、彼女の事は知らなくても、エリザベス様が怯えている事は分かる。そして、他の生徒達も怯えている。理由は分からないけど、放ってはおけないと思った。私は高圧的な態度で生徒達を怯えさせている生徒会長の事が嫌いになってしまった。

「そのようなつもりはありませんが、フィリア様には関係ない事だと思います。皆さんは、私に挨拶していただけです。生徒会長は、挨拶するのも取り締まるおつもりなのですか？　そろそろ教室に行きますので、フィリア様も教室に行って下さい。さあ皆さん、教室に行きましょう」

生徒達は顔を見合わせた後、私の言葉に従い、皆いっせいに教室へ歩き出す。

「な⁉　待ちなさい！　あなた、いったい何様なのよ‼」

生徒達が私に付いて来るとは思っていなかったのか、焦っているように見える。私は足を止めて振り返った。

「あなたこそ、何様なのですか？　皆が怯えるようなことをしたの？」

理由は分からない。だけど、フィリア様はどこか叔父様に似ている。

「……」

わざわざ自分から引き止めたのに、彼女は答えなかった。無言なのが、答えなのだと思う。授業が始まりそうなので、急いで教室に向かう。

「マリッサ、彼女には気を付けろ」

教室に向かいながら、レイド様がそう言った。彼が、そんなことを言うなんて珍しい。理由を聞く間もなく、教室に入り席に着く。レイド様が気を付けろだなんて……いったいフィリア様はどんな人物なのか……

後から思い返すと、平穏だったのは、レイド様と登校した馬車の中だけだった。

私の平穏は、いつやって来るの!?


休み時間になると、アンジェラが私の前の席……つまり、昨日までレイチェルが座っていた席に腰を下ろした。

レイチェルは、二度とこの学園に来ることはないだろう。彼女に会う事はもうないと、分かっていた事だけど、なんだか心にぽっかり穴が空いたよう。過ぎたことを気にしても仕方がない。どこかで元気に暮らしていてくれれば、それでいい。

「寂しい？　そう顔に書いてある」

アンジェラは私の顔を覗き込んで、頬っぺを指先でツンツンして来た。そんなに分かりやすい顔をしていたのかと、恥ずかしくなる。

「寂しくない。これが、レイチェルと私が望んだ事だもの。それに、アンジェラもいるしね」

強がりなんかじゃない。これが、私達の運命だったのだと思う。

アンジェラに笑顔を向けると、彼女も笑顔で返してくれた。

「そういえば、朝は大変だったみたいね。見たかったなあ、マリッサが生徒達を引き連れて歩くとこ」

アンジェラは悪戯っぽく笑う。これは、絶対にからかっている。

「……私で遊んでる？」

「バレた？」

「もう！」

今朝の事は、どうかしていた。自分でも、大人げなかったと反省している。

いくらフィリア様の態度が許せなかったとはいえ、宣戦布告みたいな事をしてしまった。

だけど、相手が生徒会長だからというだけで、どうして皆は怯えていたのだろう。生徒会とほとんど関わって来なかったからか、そんなに恐ろしい方には思えないし、フィリア様の噂も聞いたことがない。

「これは、冗談抜きで言うね。フィリアには、気を付けて」

え……？　どうして？　って、聞こうとした時、休み時間が終わり、アンジェラは自分の席に戻ってしまった。

レイド様もアンジェラも、フィリア様に気を付けてと言った。そんなに恐ろしい方には思えないけど、二人がそろって気を付けてと言うからには何かあるのかもしれない。

第十九章　おばさんの正体

次の休み時間、アンジェラにフィリア様の事を聞いてみようと立ち上がると、エリザベス様が話しかけて来た。

「マリッサ様、少しよろしいでしょうか？」

エリザベス様の真剣な顔を見たら、断ることなんて出来そうにない。私は大人しく自分の席にもう一度座り、エリザベス様は隣の席に腰を下ろした。

生徒達がフィリア様に怯えていた理由を、エリザベス様が全て話してくれた。フィリア様は、生徒達を無理矢理従わせていたようだ。

フィリア様に脅されていて、誰も逆らうことが出来なかったらしい。

そして、私がデリオル様に婚約を破棄された後、ある噂が流れたそうだ。その噂は、ロクサーヌが流した噂だったけど、それを聞いたフィリア様は、生徒達に『学園のゴミを消し去りなさい』と、命じた。そして、皆いっせいに私の悪口を言い始めた……という事のようだ。

まあ、デリオル様に群がっていた令嬢達は、便乗しただけのようだけど、両親に話したようなので、もう関わることはない。

門の前にいた生徒達は全員、フィリア様に脅されていた。学園という狭い世界で、大人の世界と同じ事が繰り広げられていたという事だ。権力とは恐ろしいもの……それは、人の性格まで変えてしまう。立場の弱い者は、利用される。なんだか悲しい。

せっかく学園に通っているのに、勉強して、友達と仲良く話して、時には恋をしたりと、楽しく学園生活を過ごすことは出来ないのだろうか。

……なんて、貴族の私が言うのは、甘いのかもしれない。それでも私は、そんな甘い学園生活を送りたい。

この学園に通う生徒達の目的は、学ぶという目的ももちろんあるけど、それぞれの人生に有益なパートナーを見つける場でもある。社交界と同じという事だ。

貴族の家に生まれたのだから、仕方のない事なのかもしれないけど、本音で話をしている人が、この学園に何人いるのだろうか。

色々考えていたら、いつの間にか午前の授業が終わっていた。最近は、勉強するよりも考え事をする時間の方が多い。今日からは、勉強に集中出来ると思っていたけど、そう甘くはなかった。

レイド様に誘われて、アンジェラと三人で食堂へ行く事になった。三人一緒にお昼を食べるのは、初めてで凄く楽しい。

「おばちゃん、いつものね」

「はーい」

「私はおばさんのおすすめで」

「はーい」

「私は、あれとこれと、そこのお肉とオムレツとチキンのトマト煮と、ムニエルと貝のスープとオニオンスープ、それとベーグル二つと、クロワッサン二つと……シュークリーム五つ下さい！」

「……いつもより多いな」

「いつもより多いわね」

「いつもより多いですね」

皆、目がまん丸になっている……

「いつもはレイド様にお借りしていたので、遠慮していたんです」

「あれで遠慮とは……あははははっ」

肉が付いてる方が好きだと言ったのは、レイド様なのに！　彼の好きなタイプに、なりたいと思ってはいけないの？　そうじゃなくても、食べるけど……

ふくれっ面をしている私の耳元で、レイド様が囁《ささや》く。

「そんなところも、好きだ……」

私にしか聞こえないような小さな声で、愛を囁《ささや》かれた瞬間、一瞬で顔が赤く染まったのが分かる。

レイド様はズルい……いつも私ばかり、ドキドキしている。そう思って、彼の顔を見ると、彼の顔もいつの間にか真っ赤に染まっていた。恥ずかしいなら、こんなところで言わなければいいのにと思いながらも、どんな時でも気持ちを伝えてくれるレイド様を愛しく思った。

「二人して、何赤くなっているの？」

アンジェラが私達の様子に気付き、私とレイド様の顔を交互に見る。

「な、な、な、何でもないよ！」

慌てる私を見て、レイド様は爆笑していた。

……やっぱり、ズルい。

「はい、これサービス」

私達の変なやり取りを笑顔で見ていたおばさんが、私のトレイにチョコレートケーキを三つ載せてくれた。

「可愛らしいカップルですね！　あたしの青春時代を、思い出すわ。若いって素晴らしい！　あたしもね、若い頃はモテたんですよ～。男性が放っておいてくれなくて、困った困った！」

おばさんは昔話を始めて、思い出に浸《ひた》っている。

「おばちゃん、料理が冷める」

思い出に浸《ひた》っているおばさんに、容赦ないレイド様……

私はもう少し聞いていたかったかも。

「はいはい。すみませんでしたね」

おばさんは拗《す》ねちゃったみたい。

「いつも、ありがとうございます！　でも、いつもこんなにサービスしていただいて、大丈夫なのですか？」

いつも気前よくサービスしてくれて、食堂の経営は大丈夫なのか心配になってくる。

「大丈夫ですよ！　いつもマリッサ様は、沢山食べて下さるし、何よりここの料金はぼったくってますから！　あはははっ」

おばさんは豪快に笑った。

ぼったくってるって……さすがおばさん！　お言葉に甘えることにした。

空いてる席に着いて、レイド様とアンジェラのトレイに、チョコレートケーキを一つずつ載せる。

「本当に、大丈夫なのでしょうか……」

「気にするな。おばちゃんは、趣味でやってるから」

アンジェラも、レイド様の言葉に頷く。

「趣味？」

「おばちゃんの本業は、学園長だからな」

そっかあ、本業があるのかあ……

「っ⁉　学園長⁉　おばさんが……学園長なの……⁉」

いきなり放り込まれた新情報……驚き過ぎてイスから落ちそうになった。

「そ！」

「レイド様は、おばちゃんて……」

「あの人が、そう呼べってうるさいんだ。ちなみに、おばちゃんは俺の父である国王の妹。アンジェラの父親の姉だな」

そういえば、入学式で見たことがあるような、ないような？　あまり覚えていない……

「皆さん、知っているのですか？」

レイド様はお肉を一口口に入れると、もぐもぐしながら少し考える。

「知ってるのは、俺とアンジェラくらいじゃないか？　生徒達の様子を自分の目で見たいらしい。昔からそういう人なんだよ、あの人は」

学園長は王族で、レイド様とアンジェラは親戚だから知っているという事のようだ。

私は、全く気付かなかった。

あんなに気さくで、あんなに優しいおばさんが、学園長だった事には驚いたけど、それと同時に嬉しくなった。貴族のしがらみや、損得勘定で仲良くする相手を選ぶ人達や、本音を言えずに友達ごっこをしている人達ばかりのこの学園で、信じられた唯一の大人が、学園長だったのだから、嬉しくないはずがない。

「でもな、これからも、知らないフリをしてやってくれ。〝食堂のおばちゃん〟が、生きがいらしいから」

「分かりました。そうします」

おばさんの生きがいを奪いたくない。

よく考えてみたら、私はずっと王族の方々に助けられていた。レイド様、アンジェラ、国王陛下、そして学園長にまで。すごく有難い気持ちと、この国に生まれて来て本当に良かったと心から思えた。

「そういえば、フィリア様に気を付けろとは、どういう意味なのですか？」

レイド様もアンジェラも、フィリア様の事を知っているようだ。やっとこの質問をする事が出来た。

「あいつは、いつも自分が一番じゃなきゃ気がすまないんだ。エリザベスの話だと、マリッサの事を前から排除しようとしていたみたいだしな。今朝の事を考えると、また何か仕掛けてくるかもしれない」

私はてっきり、噂を信じたフィリア様が私をゴミだと思って排除しようとしたのだと考えていたけど……もしかしたら……

「フィリア様は、私が侯爵《こうしゃく》だと知っていたのでしょうか？」

「知っているはずだ。貴族のことは全て調べて、自分に従わせる奴を選んでいる。まさか、他の奴を利用してまで、マリッサを追い込もうとしていたとは思わなかったが……あんたが驚異になると、ずっと前から分かっていたんだろうな」

レイド様の表情が暗い。私の事を心配しているのだと分かる。

最初から私が侯爵《こうしゃく》だと知っていながら、他の生徒達を誘導して私を排除しようとしていた。排除出来なくても、自分には疑いがかからないようにしているなんて卑劣極まりない。驚異だなんて……私は、一番になりたいなんて思ったことはない。生徒会長の地位を脅《おびや》かすと思っているのだろうか。そんなつもりは、全くなかった……エリザベス様から、話を聞くまでは。

弱味を握ったり、脅したり、そんな事をしないと維持出来ない地位なら、返上するべきだと思う。

フィリア様は、まるで叔父様のようだ。

「そういえば、今日は先生が代わっていたのに気付いてる？」

アンジェラが、美味しそうにチョコレートケーキを食べながら何気なく話し出した。

フィリア様には気を付けてと、レイド様と同じことを言っていた割には、のほほんとしているアンジェラに何だか癒される。

「先生が代わっていた？」

全く記憶にない。

今日は、先生を見た記憶さえない。

「やっぱり、気付いていなかったのね。教師が五人程、クビになったそうよ。エリザベス達が学園長に、フィリアの指示で先生達がマリッサを冷遇したと話したらしいわ」

教室に入ったのが時間ギリギリで、その後はずっと考え事をしていたから、先生が違うことに全然気付かなかった。

待って……それって、フィリア様は先生達まで従わせていたということ⁉　気の毒に思うけど、先生達は生徒達とは違って拒否出来たはず。ほとんどの先生は、平民から選ばれる。それは、貴族とのしがらみがないからだ。先生達がフィリア様に従ったのは、何か見返りがあったからだろう。つまり、お金で従ったという事だと思う。

「全て終わったと思っていたのですが、まだ終わっていなかったのですね。はぁ……」

チョコレートケーキの、最後の一口を口に入れる。ほろ苦い甘さが口の中いっぱいに広がって、最後の一口に相応《ふさわ》しい味を堪能する。

「あんなに話してたのに、もう食い終わってるし。やっぱ、あんた最高！」

これって、レイド様に甘やかされて、ぶくぶく太ってしまうパターンじゃない!? このままだと、ダメよ！

「私、ダイエットします！」

「そんなガリガリで、必要ないだろ」

ガリガリ……レイド様は優しいけど、こういう時は容赦ない。

「じゃあ、食事をセーブします！」

「好きなだけ食え。俺はあんたが丸くなっても、気持ちは変わらない」

そういう問題じゃない！ レイド様が、本気でそう思ってくれているのは分かる。気持ちも、凄く嬉しい。だけど、このまま甘やかされていたら、本当にぶくぶくになってしまう！

「マリッサ、いくら言ってもムダよ。レイドは、女の子の気持ちが分からないんだから」

アンジェラの言う通りだ。だけど、そんなレイド様も好き。

私もレイド様と同じで、どんな彼でもこの気持ちは変わる事がないという自信がある。

「チョコレートケーキが余ってるけど食うか？」

レイド様はチョコレートケーキの載ったお皿を私のトレイに置いて、フォークを手渡した。

「食べます！」

食欲には勝てない……。アンジェラが呆れた顔をしているのは分かったけど、チョコレートケーキの誘惑と、レイド様に甘やかされたいという本能には逆らえなかった。

それにしても、フィリア様の事をもう少し知る必要がありそう。あのまま黙っているとは思えないし、エリザベス達の事もある。

第二十章　不器用な二人の結婚

授業が終わり、帰宅しようとレイド様と一緒に馬車に乗り込んだら、何やら門の方が騒がしい。

気になって馬車を降りて門の前に行ってみると……

「嘘でしょ……」

ロクサーヌが、門の前で仁王立ちをしている。

どうやらロクサーヌは、アンジェラを待っているようだ。あの立ち方は、なんとも凛々しい。

彼女の度胸には、頭が下がる。学園であれだけの事があって、昨日は全てを失った。それでも、アンジェラに会うために、またこの学園に堂々と現れた。彼女のアンジェラに会いたいという気持ちは凄く純粋なものに思える。

だけど、アンジェラにとってはただの迷惑。

「……見なかった事にしましょう」

「そうだな。帰ろう」

アンジェラ、気の毒に……そう思いながら、私達は馬車へ乗り込み出発する。

馬車が走り出し、ロクサーヌが仁王立ちしている近くを通りかかると、ちょうどアンジェラが来たようで、ロクサーヌは子犬のように飛び跳ねて喜んでいた。ロクサーヌに気付いたアンジェラは、凄い勢いで逃げて行った。

「……ぷッ……あれは、毎日来るな。あははははっ」

レイド様は、涙が出るほど大笑いしている。

「面白がっていませんか？」

不思議……あんなに酷い目に遭わされたのに、ロクサーヌを見ても何ともない。アンジェラのおかげかもしれない。私は、怒っているロクサーヌと、演技をしているロクサーヌしか知らなかった。あんなに素直に、アンジェラを慕っている姿を見ていたら、今までの事がどうでも良くなってしまった。

「もう着いてしまうな……」

邸が近くなると、レイド様が残念そうにボソッと呟いた。

「離れたくないです……」

心の底から出た言葉だった。

「じゃあ……今すぐ結婚するか？」

結婚!? 驚いてレイド様の顔を見ると、耳まで真っ赤に染まっている。冗談ではなさそうだ。

「私達は、まだ学生ですよ？」

ドキドキしながらも、会話を続けてみる。声がものすごく震えているのが、自分でも分かる。

「あんたを一人にしたくない。すぐにでも抱きしめたい。誰かにとられるんじゃないかと、不安だ。それに、愛し過ぎて困る」

顔を茹《ゆ》でダコのように真っ赤にしながら、必死に想いを伝えようとしてくれるレイド様の方が、愛し過ぎて困る。まだ早いってことは、分かっている。昨日婚約したばかりだし、学園だって卒業できていない。だけど、そんなことはどうだっていい。大切なのは、私達の気持ちだと思う。

「……陛下に、ご挨拶に行かなくてはなりませんね。その時に、お許しをいただきましょう」

元々次のお休みに、陛下にご挨拶に行く予定だったけど、まさかすぐに結婚したいと話す事になるとは思わなかった。

「それは、イエスという意味だよな？」

縋《すが》るような目で、私を見つめるレイド様。

「……はい」

「っしゃーーーーーーッ!!」

レイド様は馬車の中だということも忘れて、勢い良く両手の拳《こぶし》を上に突き上げた。拳《こぶし》が凄い音を立てて天井にぶつかったけど、痛くないのだろうか……

あまりの喜び方に、馬車が少し揺れた。こんなに、子供みたいに喜んでくれるレイド様を見ていると、この方を好きになって良かったと心から思えた。

「左手を出してくれ」

そう言った彼の手が、震えているように見える。左手を差し出すと、彼はその手を取り、ポケットから取り出した指輪を私の薬指にそっとはめた。

「……綺麗」

指輪には大きな宝石が施されていて、神秘的な輝きを放っている。

「本当は、昨日渡したかったんだけど、二人きりになるチャンスがなかったからな。マリッサを好きだと気付いた時より、もっともっとあんたに夢中になっている。まさか自分が、こんなに誰かを愛せるなんて思わなかった。何があろうと、俺が必ずマリッサを守る。マリッサ・ダナベード、私と結婚して下さい！」

レイド様の真剣な眼差しに、吸い込まれそうになる。夢中になっているのは、私の方だ。彼が居ない人生なんて、考えられないし考えたくない。

握られた左手が、熱を帯《お》びていく。

「よし！　キスをしよう！」

「え……？」

さっきまで良いムードだったのに、そんなにハッキリ言われたら全てが台無しだ。

両肩を掴まれ、レイド様の顔がどんどん近付いて来る……

私は右手を振りかぶり、思わずレイド様の頬を叩いてしまった……

「……い、痛い……」

「すみません！　叩くつもりは、なかったんです！」

私ったら、なんて事を！

「じゃあ、なんで殴ったんだぁぁぁぁ……」

レイド様は頬を痛そうにさすりながら、めちゃくちゃいじけている。

そんなところも可愛い……なんて、思っている場合ではない！

「なんていうか、もう少しムードが欲しかったなあなんて。キスしよう、ぶちゅーではなく、さりげなくというか……」

私は何を言ってるの⁉　テンパリ過ぎ‼

「……悪かった。俺が先走り過ぎた」

明らかに落ち込むレイド様。

違う！　違うのに、上手く説明出来ない。それなら……

思い切って、ションボリしているレイド様の唇に自分の唇を重ねた。

「ッ‼」

目を見開いたまま、固まるレイド様。

「好きです。レイド様」

不器用な二人だけど、これから結婚するなんて大丈夫なのだろうか……。けれど、次の瞬間微笑んでくれた彼を見て、何となく大丈夫な気がしていた。

今日は、国王様にご挨拶に行く日。緊張し過ぎて、朝食はパン五つしか喉を通らなかった。

「この格好、おかしくないかな？」

鏡の前で何度も服を確認する。

「とても、お綺麗ですよ。マリッサ様は、何を着てもお似合いになります！」

メイドのシアは、どんな服を着ても褒《ほ》めてくれるから、全く参考にならない。

「シアは、毎回褒《ほ》めてくれるじゃない。でも、ありがとう」

お世辞でも、褒《ほ》められて悪い気はしない。


迎えに来て下さったレイド様と一緒に、王城へやって来た。こんなに緊張するのは、生まれて初めてかもしれない。心臓が口から飛び出そう……いいえ、もう全身が心臓になってしまったかと思うほどドキドキが止まらない。

「らしくないな。マリッサなら大丈夫だ。そのままのあんたでいい」

そう言って、頭をポンポンされた。こういうところは、さり気ないのに……

陛下と会った私達は、すぐに結婚したいという考えを伝えた。

陛下はとても気さくな方で、終始笑顔で話を聞いて下さり、私達の結婚をとても喜んでくれた。

結婚式は、新婚旅行などの事を考え、学園を卒業してから行うことになった。今は籍を入れて、一緒に住むという話で落ち着いた。

私達はそれぞれ爵位を持っているので、別々の姓を名乗ることになる。私はそのまま、ダナベード侯爵《こうしゃく》。レイド様は、ロードニア公爵。

子供は二人作らなければならないわ……て、私ったら気が早過ぎる！

この日は、レイド様の二人のお兄様にもお会いする事が出来た。思った通り、二人とも素敵な方だった。

陛下に結婚の許可をもらってすぐに籍を入れ、レイド様は邸に越して来た。

引っ越しの準備は、すでに終わらせていたようで、すんなり引っ越しを終える事が出来た。

一緒に住むのは、次の休みになると思っていたけど、レイド様は待てなかったようだ。

「今日から、ずっと一緒だな」

荷物を片付けながら、何度も同じことを言うレイド様。

「そうですね。なんだか、夢みたいです」

片付けの手伝いをしながら、毎回同じ言葉を返す。

彼とずっと一緒に居たいと、何度も何度も思って来た。その日が訪れた事が、まだ信じられない。

レイド様の引っ越しが終わり、バタバタした日だったけど、とても充実した一日だった。

「お食事の用意が出来ました」

片付けを終えてレイド様の部屋でソファーに座り寛いでいると、マーカスが呼びに来た。

「すぐに行くわ」

そう返事をすると、マーカスは丁寧に頭を下げて戻って行った。

初めて邸で一緒にとる夕食。私達は、結婚したのだと実感する。あまりにも急だった結婚だけど、幸せな気持ちが押し寄せて来る。

「行きましょうか」

「そうだな」

彼が手を差し出した。邸の中で、手を繋ぐなんて……と、戸惑っていたら、強引に手を引かれた。バランスを崩した私は、レイド様の胸にすっぽりと収まってしまう。

まるで時間が止まったかのように、二人共そのまま動けずにいた。静まり返った部屋で、自分の心臓の音が徐々に大きくなって行く。

どうか、この心臓の音がレイド様に聞こえませんように……そう心の中で呟く。

すると、もうひとつの鼓動が聞こえて来た。彼の心臓も、激しく脈打っている。

ドキドキしているのは、私だけじゃなかった。

彼の胸に顔を押し当てると、さらに彼の鼓動が速くなった。

「……緊張、していますか？」

彼の胸に顔を埋《うず》めたままそう聞くと、彼は焦ったように私から離れた。

「当たり前だ！　これ以上は、心臓が持たない。食事に行くぞ！」

照れているのがバレバレ。レイド様は、凄く素直な方だと思う。私の方が、素直じゃないかもしれない。

頭をかきながら、歩いていくレイド様の後に付いて行く。恥ずかしくなったからか、もう手を繋いではくれないみたい。

食堂のテーブルに着くと、料理が運ばれて来る。

この場所は、ずっと大嫌いだった。食べることは大好きだったけど、食事をするよりも苦痛に耐える時間が長かったからだ。叔父達が居なくなり、一人で食事をするようになっても満たされなかった心が、今満たされて行く。

愛する人と家族になり、私はもう一人ではなくなった。


「さて、寝室に行くか」

「はい。それでは、お休みなさい」

自分の部屋へ行こうとすると、レイド様に止められた。

「どこへ行く？　俺達は夫婦だぞ？」

今日、籍を入れたので、夫婦なのは分かっている。

「自分の部屋に行きます」

「一緒に寝ないのか⁉」

目をぱちぱちさせながら、驚いているレイド様。

まさか、一緒に寝るつもりだったのだろうか……

「私達は、まだ学生です。子供が出来たら、どうするのですか？」

結婚式もしていないし、新婚旅行にも行きたい。

「わかった……じゃあ、一緒に寝るだけ」

「ダメです」

「何もしない！　何なら、手を縛ってくれても構わない！」

「大人しく寝て下さい」

そのまま部屋へ歩き出すと……フワッと、後ろから抱きしめられた。

「一緒に寝よ？」

後ろから耳元で甘く優しく囁《ささや》かれ、もう拒否する事が出来なくなっていた。……私、レイド様に弱いみたい。

初めて一緒に眠る夜、ドキドキして眠れないと思っていたけど、レイド様の腕の中で、いつの間にかすやすやと眠っていた。

第二十一章　フィリア様からの挑戦状

朝の光が窓から差し込み、ゆっくりと目を開ける。隣には、すやすやと寝息を立てて眠っているレイド様。教室で眠ってばかりだったから、寝顔を見るのは初めてではないけれど、彼の寝顔をこうやって独占するのは初めてだ。

目を覚ますと、隣に愛する人が眠っている幸せを噛みしめる。

……可愛い寝顔。ずっと見ていたい。

レイド様の顔を見ながら、幸せに浸《ひた》っていると、私の視線を感じたのか、彼がゆっくりと目を開けた。見ていたことを知られるのが恥ずかしくなり、急いで目をつぶって寝たフリをする。

「……マリッサ？」

とっさに寝たフリをしてしまい、どうしたらいいのか分からずに戸惑っていると、頬に何かが触れた。

柔らかい……レイド様の唇が、頬に触れたみたい。

そっと目を開けると、唇が触れてしまいそうな程近くに、彼の顔があった。

「お……はよう……ございます」

あまりに近すぎて、ドキドキしながら挨拶をする。

「おはよう、マリッサ」

今度は額に優しくキスされる。そして、唇にも……

とても甘いキスに、蕩《とろ》けそうになる。

「愛してる……マリッサ……」

レイド様がもう一度キスをしようとした瞬間、ドアをノックする音が聞こえて私達は慌てて起き上がった。

「は、はい」

返事をすると、マーカスの声が聞こえて来た。

「朝食のご用意が出来ました」

「すぐに行くわ」

マーカスが離れて行く足音を聞きながら、私達は顔を見合わせて笑い合った。

「本当は、起きていただろ？」

「……気付いていたのですか？」

「まぶたがピクピクしていたからな」

得意げに笑うレイド様。

気付いていたのに、頬にキスをするなんて確信犯だ。

マーカスが来ていなかったら、もしかしたらあのまま……なんて、考えてしまう。やっぱり、一緒に眠るのは危険な気がする。

朝食をすませて、学園に向かう。

私達が結婚した事は、まだ公にはしていない。皆に知られるとまた騒ぎになり、普通の学園生活が送れないと思ったからだ。

教室に行くと、アンジェラが凄い勢いで抱きついて来た。

「マリッサーーーーッ!!」

あまりにも激しく抱きつかれ、脳味噌が揺れたような気がする。

「アンジェラ……痛い……」

アンジェラは肩に手を置いたまま離れると、勢いよく前後に揺する。

「結婚したこと、どうして教えてくれなかったの~!?」

周りの生徒達が、いっせいにこちらを見る。こんなに早く、知られるなんて……

「アンジェラ……頼むから、空気を読んでくれ」

レイド様に肩をポンポンと叩かれ、アンジェラは生徒達の視線に気付く。

「あ……ごめん……」

アンジェラは私を揺するのをやめ、気まずそうに肩から手を離した。

「マリッサ様！　ご結婚なさったのですか!?」

「最強のご夫婦の誕生ですね！」

「結婚式は、何時行うのですか!?」

次々に質問の嵐がやって来る。

朝から質問攻めにあい、疲れてしまった。そして極めつけに……

「マリッサ様、ご結婚なさったんですって？　ですが、ここは学ぶ場所です。弁《わきま》えて頂かなくては困ります！」

ついさっき、みんなに知られたばかりなのに、フィリア様はすぐに現れた。ずっと、私を見張っていたのだろうか……

「私は別に、マリッサ様を見張っていたわけではありませんよ。最近のあなたは、いつも騒ぎを起こしていますよね？　次に何かあれば、私も黙ってはいません。その事を、お伝えしに来ただけです。くれぐれも、お気を付け下さい」

心の声が聞こえたの!?　騒ぎを起こしたつもりはないし、私は静かに学園生活を送りたいと思っている。そもそも、その騒ぎを大きくした張本人に言われても……

フィリア様が来た事で、生徒達の質問攻めは収まった。

「ごめんね、マリッサ。私ったら、考えなしだったわ」

アンジェラは自分のせいだと思ったのか、落ち込んでいる。彼女には、今日伝えるつもりだった。陛下からお許しをもらい、届けを出した後にレイド様の引っ越しをしたから、彼女に話す時間がなかった。

「いいの。すぐに分かることだったんだから」

アンジェラは、悪くない。

「私ね、マリッサとレイドが結婚したと知って、凄く嬉しかったの。だけど、それと同時に嫉妬してしまった。マリッサがとられてしまうようで、辛かった。それでも、マリッサが幸せなら、私も幸せなんだって気付いたの。マリッサ、おめでとう。本当に、おめでとう！」

今まで見たことがないくらい、素敵な笑顔でおめでとうと言ってくれたアンジェラ。素直な気持ちを、伝えてくれて嬉しい。私の親友は、本当に最高だ。

◇
◆
◇

レイド様と結婚して、数日が経った。

愛する人と暮らせるのは、すごく幸せなことだと毎日実感している。

後見人がいなくなったので、私は、侯爵《こうしゃく》としての仕事も自分でしなくてはならない。毎日忙しい日々の中、彼が居ると思うだけで頑張れる。

書斎で仕事をしていると、マーカスがお茶を運んで来た。それと……

「マリッサ様、こちらがフィリア様について調べた報告書になります」

フィリア様についての報告書を、机の上に置く。マーカスには、フィリア様について調べてもらっていた。

「ありがとう」

マーカスから報告書を受け取り目を通すと、フィリア様がどうして〝一番〟にこだわっていたのか、理由が分かった。

学園でしか、一番になれなかったからだ。

フィリア様は学園の卒業と同時に、ライナス伯爵のご子息に嫁ぐようだ。その事はまだ、公にはなってないのに、調べ上げるなんてさすがマーカスだ。

フィリア様の性格は、幼い頃から変わっていないようで、何に対しても一番にこだわっていたそうだ。ご両親はそんなフィリア様を心配し、あまり権力を持たないライナス伯爵家との縁談を進めた。

この報告書を見る限り、フィリア様にはエリザベス様達に何か出来るような力はない。力はなくても、フィリア様は生徒達を従わせる為に、脅しをしたり嘘をついたりし続けるだろう。このまま放っておくことは出来ない。さて、どうすべきか考えなくてはならない。

ゆっくり考えようと思っていたけど……もうそんな猶予はなかったようだ。


翌日学園に行くと、生徒達の様子が明らかにおかしい。私と目を合わせないようにしている生徒が数人。私の十八歳の誕生日まで、フィリア様の言いなりになっていた生徒だ。また、フィリア様が何かしたのだろう。あんなに目を輝かせて、私のようになりたいと言ってくれたのに、今は何もかも諦めたような顔をしているし生気が感じられない。

もう少し様子を見るつもりだったけど、フィリア様が何かしたのなら放ってはおけない。

「レイド様、私……生徒会室に行こうと思います」

レイド様は、私の考えている事が分かっているようで、笑顔で頷いてくれた。

「一緒に行く」

いつだって、何も聞かずに私の味方で居てくれる彼の存在は、私を強くしてくれる。こんなに素敵な旦那様がいる私は、最強だと思う。

生徒会室の前まで来ると、レイド様の顔を見る。

「ここで、待っていてくれますか？」

「分かった」

たった一言の返事。

だけど、私は勇気をもらった。

生徒会室のドアをノックして中に入ると、フィリア様がイスから立ち上がった。

「わざわざ、生徒会室に乗り込んで来るなんて、どのようなご用件ですか？」

ものすごーく嫌そうな顔で、私を見ている。招かれざる客なのは、最初から分かっている。

「今日は、お願いがあってまいりました。生徒達を解放して下さい。これからは、今までのような脅すようなまねは一切しないでいただきたいのです」

丁寧にお願いしたところで、彼女が諦めるはずがないことは分かっている。これで改心してくれるなら、報告書の内容は私の胸に仕舞っておくつもりだ。彼女がどんな人間だろうと、一度はチャンスをあげたかった。

フィリア様は、会長のイスに座りなおして、はぁ……と、ため息をついた。

「そのお願いを聞いたら、私にどんなメリットがあると言うのですか？」

今までして来たことを考えると、メリットなんて望む事自体どうかしている。

言いたくなかったけど、仕方がない。

「メリットはありません。ですが、今度生徒達を脅したら、ライナス伯爵家のご子息との婚約の事を、皆さんにお話ししなければなりません」

「なぜ、あなたがそれを……!?」

フィリア様は慌てて立ち上がり、そのまま固まってしまった。立ったり座ったり、忙しい人だ。

「うちの執事は、優秀なんです。フィリア様、一番にこだわるのも結構ですが、脅して従わせるのは違うと思います。脅すことをやめるのでしたら、私は何もいたしません。それでは、失礼いたします」

生徒会室のドアを開けて、出て行こうとすると……

「待って下さい！　どうして……どうしてあなたは、一番になれるのに、なろうとしないのですか!?　学園だけじゃなく、貴族だって従わせる事が出来るのに……」

私はフィリア様に、にっこりと笑いかけた。

「そんな事に、なんの意味があるのですか？　私はみんなの一番じゃなく、大切な人の特別でありたいのです」

フィリア様は、不思議そうな顔をしていた。いつか誰かに恋をしたら、あなたにも分かるかもしれない。といっても、彼女の婚約者はすでに決まっているのだけれど。

生徒会室を出ると、大好きなレイド様が待っていてくれた。

「あれで良かったのか？　フィリアは、生徒達や教師まで使って、マリッサに嫌がらせしていたんだぞ？　全く！　俺のマリッサに、酷い事をしやがって！」

レイド様は、私達の会話を聞いていた。そして、私の代わりに怒ってくれている。

私がされた事について、フィリア様に償《つぐな》って欲しいとは思わない。私が悪口を言われまくった事で、レイド様と仲良くなれたからだ。初めて私を庇《かば》ってくれた時から、私はレイド様に惹かれていた。

「学園を卒業してフィリア様が嫁げば、分かることです。また脅したりしなければ、皆さんに話す必要はないと思います。この先、皆さんがフィリア様を許せないと思うのでしたら、それは私には止める事が出来ません。あの悪口のおかげで、レイド様と仲良くなれたので、私はむしろ彼女に感謝しています。フィリア様が、今のうちに皆さんに償《つぐな》ってくれることを願います」

「さすが、俺の妻だな！」

さっきまで、怒っていたのに……

「レイド様、食堂に行きましょう！　お昼休みが終わってしまいます」

私はレイド様の、特別であり続けたい。

「色気より食い気なところも、大好きだ」

色気より食い気は置いておいて、大好きという気持ちをちゃんと言葉にしてくれるレイド様が大好き。

私の事を何でも分かってくれて、理解してくれて、甘やかしてくれるレイド様。甘やかされ過ぎて、太らないように気をつけなくては……

フィリア様は、あの日から大人しくなった。エリザベス様達にも、何も言わなくなったようだ。余程、婚約の事を知られたくないようだ。話さなくても済むならば、その方がいい。

これで、平穏な学園生活が送れる。

……そう思ったのが、甘かった。

数日後、朝食をすませて学園に行くと、校門の前が騒がしい。どうして、いつも校門の前なのだろうか。騒がしくない日の方が少ないのではと思えて来る。

馬車を降りると、騒ぎの中心に居た人物がゆっくり歩いて来た。

その人物は、フィリア様だった。

「マリッサ様、レイド様、おはようございます」

この前とは打って変わって、笑顔で挨拶してくる。その笑顔が逆に怖い。

「おはよう」

「おはようございます」

私達が挨拶を返すと、フィリア様は一枚の紙を差し出した。

「これは？」

「マリッサ様に、私と勝負をして頂きたく、こうしてお待ちしておりました。その紙には、私のサインがしてあります。そこに、マリッサ様もサインをして頂きたいのです！」

わけが分からないまま、手渡された紙を見ると、『負けた方は、勝った方の言う事を聞く』と書いてあった。何だか、子供が言いそうな言葉だ。

「勝負は、次の試験です。全ての試験の合計点が高い方が、勝ちという単純な勝負。この私が、正々堂々と挑んでいるのですから、もちろん受けて下さいますよね？」

正々堂々……最初から勝ちが決まっているから、この勝負を挑んで来たのだろう。

フィリア様は、毎回学年一位の成績だ。そして私は、真ん中より少し上辺り。確実に自分が勝つ勝負を挑んで、私を言いなりにさせるつもりらしい。

私はあの時、生徒達を脅すのはやめて欲しいとお願いした。勝負を挑まないでとは言っていない……

だからと言って、あれで終わったと思っていたのにわざわざ勝負を挑んで来るなんて、普通ならありえないと思う。私は、フィリア様を甘く見ていたようだ。

この勝負を断って、周りにあれこれ言われたとしても、私は気にならない。だけど、今の状況を変える為に受けることにした。

「分かりました。その勝負、お受けします」

私の返事に気を良くするフィリア様とは対照的に、隣に立っているレイド様の顔が強ばっていた。

私の成績を、知っているようだ。

「今日中にその用紙にサインをお願いしますね。それでは、失礼します」

上機嫌で校内に入って行くフィリア様の後ろ姿を見ながら、レイド様がため息をついた。

「はぁ……、何であんな勝負を受けたんだ？　フィリアは、学園一の成績だって知っているよな？　それに、また何か仕掛けてこないとも限らない」

「もう仕掛けて来ることはないと思います。レイド様、私を信じて下さいますか？」

私は、ズルい。

レイド様には、心配ばかりかけている。それなのに、こんな質問をするなんて……

「当たり前だ。何があろうと、マリッサを信じている」

曇りのない、透き通った目で私を見つめそう答えてくれる。

彼の答えは、分かりきっていた。絶対に私を裏切らないし、彼は必ず私の欲しい言葉をくれる。

「ありがとうございます。レイド様が信じて下さるから、私は負けません！」

彼は諦めたように笑うと、私の頬っぺを優しく摘《つま》んだ。

「いひゃい……」

「信じているから、必ず勝て。さあ、教室に行くぞ」

頬から手を離し、教室へ歩き出す。

私も、レイド様を信じている。何があっても、たとえ世界全体が敵になったとしても、私だけは彼を信じ続ける。

第二十二章　テスト結果とアンジェラの決断

テストが、行われるのは二週間後。

この二週間で、出来るだけの事をしなければならない。不安なのは、デリオル様から婚約を破棄されてから勉強出来なかった分。

正直言って、勉強に関しては自分でも未知数だった。私の存在は害にはならないと、叔父に思わせる為に、本気で勉強をして試験を受けた事はなかったからだ。今までの成績は、わざと真ん中辺りになるようにしていた。

もちろん、私が本気を出しても、学園一のフィリア様には勝てないかもしれない。だけど、フィリア様から勝負を挑まれた事で、最後の試験くらいは本気でやりたいと思った。

私は負けられない。負けたくない。レイド様が信じてくれているのだから。

侯爵《こうしゃく》としての仕事をしながら、勉強をした。レイド様は、一緒に過ごせる時間がないからと、私の勉強の時間は共に勉強をしてくれた。授業中、寝ることしか考えていなかったあのレイド様が、全く寝ないで頑張ってくれた。私の為に、こんなに頑張ってくれる姿を見たら、私が弱音を吐くわけにはいかない。

こうして、慌ただしい二週間が過ぎて行った。

◇
◆
◇

試験当日、目を覚ますと、自分のベッドの上だった。ベッドの隣にあるイスで、レイド様が腕組みをしながら眠っていた。

どうやら、勉強をしながらソファーで眠っていた私を、彼がベッドまで運んでくれたようだ。

彼の寝顔を見ていると、心が穏やかになる。不思議な魅力。眠っている時は、本当に天使みたいに美しい。

……まぶたがピクピクしてる。

寝たフリをしているという事は、何かを期待してるのかな？　そう思いながら、レイド様に顔を近付ける。すると、少しだけ口を尖《とが》らせた。

もしかして、キスを待っているの？　二週間、私に付き合って苦手な勉強をしてくれたし、仕方ないな。

そっと唇を近付けて、頬にキスをした。

「何でだ!?」

ついさっきまで寝たフリをしていたレイド様が、目を見開いて怒っている。どうやら口にキスをしなかった事が、不満らしい。

「恥ずかしいんです！」

自分でも顔が真っ赤になっているのが分かる。

「恥ずかしがるところも、可愛い」

真っ赤になっている私に顔を近付け、指先で私の顎を上げる。彼に触れられているところはほんの少しなのに、そこに全神経が集中している気がする。彼の瞳には、私の顔が映し出され、私の瞳には彼が映し出されている。まるで、この世界に私達しかいないような……そんな感覚。

うっとりしていると、ゆっくり彼の顔が近付いて来て……優しくてとってもあまーいキスをされた。

そしてまた、いい所でノックの音が聞こえる。

「マリッサ様、朝食のご用意が出来ました」

いつものように、マーカスの冷静な声が聞こえ、私達は慌てて離れた。マーカスはどこかで私達の様子を見ていて、わざとやっているのではないかと思えるほど、毎回絶妙なタイミングで邪魔をする。

「すぐに行くわ」

返事をすると、去って行く足音が聞こえてホッとする。

「クッソ〜！　いつもいい所で、邪魔される」

悔しそうに唇を噛み締めるレイド様。この先に進みたいという気持ちはあるけど、やっぱりまだこのままでいたい。

「さあ、今日は試験ですよ。さっさと起きて、学園に行きますよ！」

まだドキドキしている事を隠すように、元気いっぱいの伸びをする。

不服そうなレイド様の手を引き、イスから立ち上がらせると、彼の右手の甲にそっとキスをした。

「私が頑張れるおまじないをいただきました。これで私は、百人力《ひゃくにんりき》です！」

少し恥ずかしかったけれど、彼と一緒なら頑張れる気がした。

すると彼も、私の右手の甲にキスをした。

「それなら、これは俺のおまじない。俺も、マリッサと一緒に戦う」

あの勉強嫌いのレイド様が、こんなことを言ってくれるなんて感激だ。

やれることはやった。あとは、全力で試験を受けるだけだ！　学園に行くと、また校門の前が騒がしい。この光景には、いい加減慣れて来た。

ほとんどの生徒が、私とフィリア様の勝負に興味津々のようで、すれ違う生徒が次々と応援の言葉をかけてくれる。私を応援してくれる生徒は、フィリア様に脅されて言いなりになっていた生徒達。あの日約束した通り、脅すことはやめてくれたみたいだけど、今までの事が消えたわけじゃない。

この勝負は、フィリア様が初めて自分自身でやろうと決めたことだと思う。だから私は、この勝負を受けた。

教室に着いても、次から次へと『頑張って』と言われた。ありがたいけど、集中させて欲しい……

「ちょっとちょっと！　何してるの!?　あなた達は、マリッサの応援がしたいのでしょう？　それなら、静かに見守ってあげなさいよ！」

私をみんなから守るように、アンジェラが皆の前に立ちはだかり庇《かば》ってくれた。ようやく、みんなが私から離れて席に着く。アンジェラは凄く華奢な女の子なのに、背中が大きく見える。振り返って、笑顔を向けてくれた彼女の顔が眩《まぶ》しくて、心強くて、頼もしかった。

「ありがとう、アンジェラ」

お礼を言いながら、自分の席に着く。

「マリッサの為なら、何だって出来るわ。そこの役立たずな公爵様とは違うもの！」

横目でチラリとレイド様を見るアンジェラ。レイド様も、必死に場を収めようとしてくれたのだけれど、みんなに揉みくちゃにされていた。

私と結婚して、不思議な事に怖いイメージはなくなったようで、誰もレイド様の事を怖がらなくなっていた。

悔しそうな顔で、アンジェラを見るレイド様。それでも、今のレイド様が本当のレイド様だと思うし、どんな彼でも私は大好きだ。

いつもより少し早く、先生が教室に来た。

試験の説明をして、テスト用紙を配り始める。私は、叔父達が邸に来てから、何かに本気で挑んだ事がなかったから、凄くワクワクしている。

開始の合図で、みんないっせいに用紙を表にして問題を解き始める。レイド様を見ると、真剣な顔で問題を解いている。その姿を見て、私も真剣に試験に臨んだ。

試験は順調に進み、全てのテストが終わった。

「終わったー!!」

終わると同時に、伸びをしながらレイド様が私の席まで来てくれた。

試験が終わって一番喜んだのは、レイド様だった。一度も昼寝をしなかったのだから、それだけで凄い。もしかしたら、彼が一位になるかも……?

「お疲れ様です。眠らなかったなんて、本当に凄いです!」

得意げな顔をする彼。もっと褒《ほ》めて欲しそう。

「寝ないのなんて、当たり前じゃない。マリッサに、褒《ほ》めてもらうなんてずるいわ! 私も頑張ったから褒《ほ》めて?」

アンジェラはまるで子犬のように、目をキラキラさせてオネダリして来る。

「二人とも、よく頑張りました」

二人の頭をヨシヨシしてあげると、二人が尻尾を振っているように見えた。その姿にすっかり癒されていたら、あまり聞きたくない声が教室に響き渡った。

「お疲れ様、マリッサ様。調子はどうだったかしら?」

そろそろ現れる頃だと思っていた。フィリア様の顔は、自信に満ち溢れている。ということは、自信があるのだ。

「お疲れ様でした、フィリア様。思ったよりは、出来たと思います」

不服そうなフィリア様。

「そう、良かったですね。結果が出るのは、三日後。マリッサ様が私の言いなりになる日が、楽しみですわ」

すでに勝ったと思っているのか、自信満々で教室から出て行く。

まあ、やれるだけやったし、これからはレイド様との時間を大切にしよう。


そして、あっという間に結果発表の日がやって来た。

結果は、廊下に張り出される。

結果を見る為に、レイド様とアンジェラと共に廊下を歩いていると、何だか騒がしい。騒がしいのには慣れたけど、今日はいつもとは場所が違うから何だか新鮮だ。

「何かあったのかな？」

アンジェラの言葉に、私達は顔を見合わせる。

人混みをかき分けて、結果が張り出されているはずの場所に辿《たど》り着くが、何もない。というより、貼られていた紙が、乱暴に剥がされたようだ。これは、騒がしくもなる。

「……結果、ないですね」

「そうだな」

「破られているのが、結果だと思うけど……」

私達はそのまま、教室へ戻った。

どうやら、アンジェラの言った『破られているのが、結果』というのが当たっていたようだ。

あの後、もう一度結果が張り出され、私は一番になっていた。そして、フィリア様は二番だった。

目撃情報によると、負けたことを隠そうと、フィリア様が結果が書かれた紙を壁から剥がしたようだ。そんな事をしても、結果が変わるわけではない。

フィリア様は負けた事が余程悔しかったのか、生徒会室に閉じこもっている。仕方なく、私から会いに行くことにした。

生徒会室の前で立ち止まり、ノックをする。返事はないけど、中から人の気配がする。このままではらちがあかない。そのままドアを開けて、中に入った。

「……私の事を笑いに来たの？」

泣きはらしたようで目が真っ赤だ。

落ち込んでいるフィリア様を初めて見た。

結果が書かれた紙を破ったのは感心しないけど、この勝負に本気で挑んだ事は私も認めている。笑ったりなんて、もちろんするつもりはない。

「笑ったりしませんよ」

正直、順位なんてどうでもいいと思っている。

それなら、なぜこの勝負を受けたか？　それは……

「私が勝ったので、フィリア様には言う事を聞いていただきます。今まで脅して言いなりにして来た方々に、謝っていただきたいのです」

俯いていたフィリア様が立ち上がった。

「何……それ？　そんなことの為に、私との勝負を受けたというのですか⁉」

納得がいかないのか、フィリア様は机をバンッと叩いた。

「前に言ったはずです。私は、一番になんて興味はありません」

この勝負を受けた理由は、もう一つあった。私達は、もう少しで卒業だ。レイド様との学園生活も、終わってしまう。一度でいいから、彼と一緒に勉強をしたかった。きっと、彼は優しいから、私が頼んだらそうしてくれたと思う。だけど、彼から一緒に勉強がしたいと思って欲しかった。

「……約束は、約束です。謝ります」

諦めたように頷くフィリア様。

素直に言う事を聞いてくれるなんて、意外だった。もう二度と、誰かを傷付けたりしないようになってくれればと思う。

翌日、フィリア様はみんなの前で頭を下げて謝った。今更謝ったところで、して来た事を消せるわけではないけれど、少なくとも私の目には、フィリア様が変わったように見えた。

「あんなに頑張ったのに……」

昼食をとろうと食堂に向かっていると、レイド様が急にガッカリした声を出した。

「そうですね。レイド様は、本当に頑張っていました」

レイド様の順位は、最後から五番目。二週間という勉強期間では、それが限界だったようだ。

アンジェラの成績は、八番だった。転入して来て間もないのに、さすがアンジェラ！

「そういえば、アンジェラは今日はお休みですか？」

アンジェラが遅刻するのは珍しい。それに、遅刻にしては遅い。今は、もうお昼だ。

「アンジェラは、婚約者に会っている」

平然と答えるレイド様。え、え、え、婚約者!? アンジェラに、婚約者がいるなんて初耳だ。

「婚約者って、アンジェラは……」

婚約者って男性……って事だよね？ どうして？

「そうだな。女が好きだ。だがこれは、アンジェラが自分で決めた事だ。それと、アンジェラはマリッサに感謝していた」

アンジェラは女性しか好きになれない事を、ずっと悩んでいたそうだ。レイド様は私がアンジェラを受け入れると分かっていて、アンジェラが女性が好きなことを話した。私が偏見《へんけん》を持つことなく受け入れた事が、彼女は何より嬉しかったようだ。

女性と結婚することは出来ない……ましてや、王族ともなると、血筋が重要になる。子を産まなくてはならない。王族に生まれた事で、アンジェラは人を好きになることを諦めて来た。

そして、ランドルク王国の第一王子、クーガ様に嫁ぐと決めたようだ。

「本当に、これでいいのでしょうか？」

アンジェラが、決めた事なのは分かっているつもりだ。だけど、これでアンジェラは本当に幸せになれるのだろうか……

「授業が終わったら、アンジェラに会いに行ってみるか？」

私が不安そうにしているのを見かねて、レイド様はそう提案してくれた。

「婚約者の方がいらしているのに、お邪魔しても大丈夫なのですか？」

今すぐアンジェラに会って、話したい気持ちはある。だからと言って、迷惑はかけたくない。

「クーガは、そんなことを気にする奴じゃない。むしろ、マリッサに会いたいと思っているんじゃないかな」

私に会いたい？　アンジェラが、私の話をしたのだろうか？　そう思って下さるなら、私も会いたい。アンジェラが選んだ相手が、どういう方なのか知りたい。

私達は授業が終わってから、トーリット公爵邸にお邪魔することにした。


トーリット公爵邸に着くと、執事がアンジェラの居る中庭まで案内してくれた。

「お嬢様、レイド様とマリッサ様がお見えになっております」

アンジェラとクーガ様は、中庭の真ん中にあるテーブルに座り、お茶を飲んでいた。私達の姿を見ると、アンジェラは立ち上がって駆け寄って来た。

「マリッサ!?　まさか、会いに来てくれたの？　嬉しい！　座って、座って！」

アンジェラに促されて、レイド様と一緒にテーブルに着く。気まずくなると思っていたけど、いつもと変わらないアンジェラの様子に拍子抜けする。思えば、アンジェラは自分の事をあまり話さなかった。私は、女性が好きということ以外、彼女の事を知らない。私の事ばかり心配させて、私はアンジェラの親友として失格だったように思う。

「急にお邪魔してしまい、申し訳ありません」

クーガ様に頭を下げると、

「全然！　まさか、噂のマリッサ様にお会い出来るなんて、光栄です！　アンジェラから、手紙でマリッサ様の話を聞いていたので、何だか初対面という気がしません」

レイド様が仰《おっしゃ》っていた通り、クーガ様は歓迎して下さった。とても気さくな方だ。

「レイドも久しぶりだな。まさか、結婚したなんて驚いたよ。式には呼んでくれるんだろう？」

クーガ様は、レイド様とも親しいようだ。

「仕方ないから、呼んでやる。クーガは相変わらずだな。今も、アンジェラの尻に敷かれているんだろ？」

「尻に敷かれてるとは失礼だな。アンジェラに逆らえないんじゃなく、逆らわないだけだ！」

尻に敷かれるとか、逆らえないとか……二人は、何の話をしているのだろう……

「この二人は、いつもこうなの。マリッサ、少し歩かない？」

アンジェラに誘われて、二人で中庭を散歩する事になった。聞きたい事が沢山あったはずなのに、言葉が全く出て来ない。

「婚約のこと、驚いたでしょ？　ごめんね、黙ってて。マリッサの事だから、心配すると思ったの」

アンジェラは私の前を歩き、時折振り返りながら話をしている。確かに、心配した。クーガ様は、素敵な方だと思う。だけど、アンジェラは、本当は結婚なんて望んでいないのではと思っている。

「私はずっと、ランドルク王国に留学していたんだけど、婚約を決めたのは最近の事だった。で、結婚式まではこの国で暮らす事になって戻って来たの」

アンジェラと初めて会った時には、すでに婚約していたようだ。

「クーガ様はね、私をすごく愛してくれているの。私が女の子を好きなことも理解してくれた上で、私と結婚したいと言ってくれた。私もね、彼を異性としては愛せなくても、人として、家族としては愛せる自信がある。だから、私は幸せだよ」

アンジェラが、いつもより輝いて見えた。本当に幸せだと思っているのが、伝わって来る。

初めて会った時に感じた儚《はかな》げなアンジェラは、もう居なかった。

「アンジェラが幸せなら、私も応援する！」

アンジェラは綺麗でかっこよくて、いつだって私の味方でいてくれて……本当に大好きな私の親友。私はずっとずっと、アンジェラの味方だよ。

「ただ、心残りが一つだけあるんだ……」

アンジェラは両手を伸ばし、私をギュッと抱きしめた。何だか、震えているみたい。

「アンジェラ？」

いつもと違うアンジェラの様子に戸惑う。何かあったのかと、心配になって来る。

「まさか、婚約を決めた後に恋をするとは思わなかった……これは、私の最後の恋。マリッサ、大、大、大好き！　そして、ありがとう」

アンジェラはそう言った後、そっと私を離した。

「よし！　私の告白、終わり！　これで、吹っ切れた！」

アンジェラが、そんな風に想っていてくれたなんて素直に嬉しい。こんなに素敵な人に想われて、嬉しくないはずがない。だけど、彼女の気持ちには応えられない。私には、愛する人がいる。それが分かっているから、アンジェラは震えていたんだ。それでも、勇気を出して告白してくれた。

「アンジェラ、私こそありがとう」

アンジェラは、優しい笑顔を向けてくれた。何があろうと、アンジェラは私の無二の親友だ。

「二人とも！　そこにいるのは、バレバレなんだけど？　覗いてないで、出て来たら？」

木の陰に隠れているつもりの、レイド様とクーガ様。二人の影が見えているので、バレバレだ。

「お前のせいだ！」

「お前がムダに背がデカいからだろ⁉」

ケンカしながら出てくる二人。二人とも、アンジェラの私への気持ちを知っていたようだ。

「アンジェラ！　俺のマリッサに触れていいのは、今回だけだからな！」

レイド様は、私の肩を抱き寄せた。子供みたい。

「はいはい。〝俺のマリッサ〟ですって。俺様もいいとこね」

アンジェラはやれやれという仕草をして、呆れた顔をした。

「俺は、アンジェラのものだぞ！」

クーガ様がアンジェラの肩を抱くと、

「イテテテテっ……」

手をつねられていた。

それでも、アンジェラを愛おしそうに見つめるクーガ様。本当にアンジェラが大好きみたい。

「そういえば、ロクサーヌは失恋ですね」

きっと、ロクサーヌにとって初恋だったと思う。

「あの様子だと、ランドルク王国にまで着いて行きそうだが……」

私も、そう思う。今日もアンジェラを、校門の前で待っていたし。

その頃、ロクサーヌはまだ、アンジェラが学園から出て来るのを校門の前で待っていた。

「クシュンッ！　はぁ、アンジェラ様まだかしら？　早くお会いしたいわ」

第二十三章　マリッサの幸せ

学園が二週間のお休みに入り、ずっとレイド様と過ごせると思っていたのだけど……

「遅いですね……」

夕食の時間になっても、レイド様がなかなか食堂に姿を現さない。お休みに入ってから、ずっと自室にこもっている。

中には入れてくれないし、何をしているのか聞いても、誤魔化《ごまか》して教えてくれない。

もしかしたら、朝も昼も夜も、ずっと一緒にいたから、レイド様は私に飽きてしまったのかも……なんて、あまりにも寂しくて嫌な考えばかり浮かんで来る。

「遅くなって悪かった」

やっと来たかと思うと、急いで食べている。私と会話するつもりはないのだろうか。

「レイド様、あの……」

レイド様と話したくて、声をかける。

「マリッサ、悪いけど、明日から食事は自分の部屋で食べる」

「え……？」

どうして？　って聞きたいけど、何故か言葉が出て来ない。

まさか、そんなことを言われるとは思ってもみなかった。私達にとって、一緒に食事をする事は特別な事だと思っていた。

「わりぃ、時間がないんだ。もう行くわ」

急いで食事を終わらせたレイド様は、また自室に戻って行った。こんなことは初めてで、どうしたらいいのか分からない。レイド様は不器用な方だから、何か事情があるのかもしれないと思っていたのだけれど、食事も一緒に出来ない程の事情なんてあるのだろうか。お休みに入ってから、二人の距離が離れた気さえしてくる。

自室でレイド様は何をしているのだろう？　気になる……気になるけど、入って来るなと言われているから、その約束を破って入ってしまったら余計嫌われるかもしれない。

レイド様を信じているのに、こんなに不安になるのはどうしてなのか。


「はぁ……」

自室で窓の外を見ながら、思わずため息が出てしまう。

ずっと一緒だったから、少し離れているだけで同じ邸にいるのにすごく寂しい。

レイド様は寂しくないのかな……悩んでいても仕方がないわ！　レイド様に、お茶をお持ちしよう。それなら、中に入れてくれるかもしれない。

お茶の準備をして、レイド様の部屋のドアをノックする。

「レイド様、お茶をお持ちしました」

声をかけると、中から何かを落としたような大きな音が聞こえて来た。すごく慌てているみたい。

「マリッサ⁉　お茶は、そこに置いておいてくれ！」

ドアは開かず、中から声だけが聞こえてくる。

レイド様に言われた通り、お茶を載せたトレイをドアの横に置く。結局、部屋の中を見るどころか、レイド様の顔さえ見られなかった。

「熱いうちに召し上がって下さいね。それでは、失礼します」

悲しい気持ちになりながらも、自分の部屋に戻った。


そして翌日、レイド様は寝室にも姿を見せなくなった。

寂しい……寂しい寂しい寂しい‼　お休みに入ってから五日が経ち、もういい加減我慢の限界だった。今日こそ、部屋の中に入れてもらう！　何がなんでも、入ってみせるわ！　そう思い、レイド様の部屋の前まで来たのだけれど……

いきなり部屋のドアが、勢いよく開いた！

「マリッサ、会いたかったーーーッ‼」

私を見るなり、レイド様が抱きついて来て……

「スー……」

え？　寝てる？　何でこのタイミングで⁉　マーカスがレイド様を担《かつ》いで、ベッドに寝かせた。

マーカスは、頭脳が優秀なだけでなく、力もあるのだとこの時知った。

やっとレイド様の部屋の中に入れたと思ったら、この状況は何なのだろうか。そう思いながら、枕元のイスに腰を下ろす。

「……ん……マリッサ……」

寝言のようだ。私の気も知らないで、気持ちよさそうに寝ている。どんな夢を見ているのか、幸せそうな顔が憎たらしい。

よく見ると、レイド様の手は傷だらけだ。どうしたのだろうか。こんなになるまで、何かを作っていたの？　レイド様を見ていたら、私も眠くなって来た。少しだけ……少しだけなら、いいよね。

レイド様の隣に横になり、目をつぶる。

おやすみなさい。

そのまま私は眠りに落ちた。

目を覚ますと、隣に寝ていたはずのレイド様の姿がない。ベッドから起き上がると、ベッドの横にあるテーブルの上に手紙が置いてあることに気付いた。

『マリッサ、食堂に来てくれ』

たった一言だけの手紙。私はその手紙を持ち、急いで食堂へ向かった。

そして、食堂へ足を踏み入れると、

「女神様の生誕祭、おめでとう！」

「「「おめでとうございます！」」」

レイド様や使用人達が、笑顔で私を迎えてくれた。レイド様のことばかり考えていて、忘れていた……今日は、女神様が誕生したとされる日だった。

「いつの間に、こんな準備をしていたのですか？」

テーブルにはたくさんの料理が並び、大きなケーキまである。

「奥様は、旦那様のことばかり考えていらしたので、案外簡単に準備出来ました」

それは、否定出来ないけど……

恥ずかしい……

「さあ、今日はおめでたい日です！　お祝いしましょう！」

こんなに、賑やかな生誕祭は初めてだ。去年までは、物置部屋で一人でお祝いしていた。と言っても、料理なんてなかったし、灯りもロウソク一本だった。

「どうして、私にだけ教えて下さらなかったのですか？　私も一緒に、準備したかったです」

少しだけ拗《す》ねてみせると、レイド様は私の肩を抱き寄せた。

「マーカスや使用人達が、マリッサをサプライズで喜ばせたいと提案して来たんだ。今まで独りぼっちで過ごして来た分、賑やかで楽しい生誕祭をマリッサにプレゼントしたいってさ」

みんなが私の為に？　私はみんなの為に何も出来なかったのに、そんな風に思ってくれていたんだ。

「マリッサ様、ケーキはいかがですか？　料理長の自信作なんですよ！」メイドのシアが、お皿いっぱいにケーキを載せて持って来た。

「ありがとう。ちょうどデザートが食べたかったの。みんなも、食べてる？」

「「「はひ!!」」」

周りを見渡すと、みんな口いっぱいケーキを頬張っている。

「……マリッサだらけだな」

レイド様が、ボソッと呟く。

それではまるで、私がいつも口いっぱいに頬張っているみたいに聞こえる。でも、みんな姉妹みたいで何だか嬉しい。

私も口いっぱい、ケーキを頬張った。

「わたひたちはかぞくれすからね！　かぞくはにるんれふ！」（私達は家族ですからね！　家族は似るんです！）

苦笑いをしながら、レイド様もケーキを頬張っていた。

凄く楽しくて、料理も凄く美味しくて、あっという間に時間が過ぎて行った。


パーティーが終わり、二人で寝室に入った。

「マリッサ、これ」

レイド様が差し出したのは、不格好な木彫りの人形のようなものだった。

「これは？」

レイド様の顔を見ると、真っ赤に染まっている。どういうことなのだろうか？　……あッ！

やっと分かった。ずっと自室に閉じこもっていたのも、ずっと忙しくしていたのも、手が傷だらけだったのも……

この木彫りの人形は、レイド様の手作りのようだ。

「私のために、作ってくださったのですか？」

レイド様ははにかみながら、コクンと頷いた。

「マリッサへの贈り物は、心を込めて作りたかったんだ。だけど俺は不器用で、なかなか上手く出来なくて、時間ばっか過ぎてくし……すげー焦った。どうしても、今日贈りたかったんだ」

寝室に来なかったのは、寝ないで作っていたからだった。だから先程、部屋から出て来て眠ってしまったようだ。

「こんなに素敵な贈り物をして下さり、本当にありがとうございます！」

不格好な木彫りの人形だけど、きっとこれは私だ。私の事を想いながらレイド様が一生懸命作ってくれたことが、何より嬉しい。……所々、血の滲《にじ》んだ跡があるけど。

「でも、寂しかった……。凄く凄く、寂しかったです！」

安心したからか、嬉しさからか、涙が溢れて止まらない。どんなに彼が大切か、どんなに彼が愛しいか……分かっていたはずなのに、前よりも気持ちが強くなっている。

「悪かった……」

レイド様は私をそっと抱き寄せ、額にキスをした。こんなにレイド様が好きなのだと私は実感した。ただ……

「私は贈り物を、用意していません……」

だって、生誕祭を忘れていたから。

「知ってる。贈り物のかわりに、俺の願いを聞いてくれないか？」

「願い……ですか？」

「愛してると、言って欲しい」

抱きしめられたままそう言われ、心臓の鼓動が一気に速くなって行く。言って欲しいと言われただけなのに、心臓が破裂しそうなほど脈打つ。

「……レイド様、愛しています」

心の底から、愛している。

「俺も……マリッサが思っているよりずっと、愛してる」

彼の腕の中で、私達は愛を語り合った。

不器用なレイド様、私にとってあなたは、誰よりも素敵な人。


いよいよ今日は、学園の卒業式。

婚約を破棄されたあの日、こんなに学園を卒業したくないと思うようになるなんて思わなかった。

あの時のことは、今では懐かしい思い出になっている。

「卒業式だなんて、月日が経つのは本当に早いですね」

教室の窓から外を見ながら、物思いにふける。

今日を最後に、学園に来ることはなくなると思うと、全てを覚えていたくなる。

「ほとんど寝てたけど、もう卒業だと思うと寂しいな」

隣に立って、一緒に外の景色を見ながら、レイド様も昔の事を思い出している。

レイド様と仲良くなる前は、彼の寝ている姿しか見ていなかった気がする。それでも、いろんな思い出があり、凄く寂しい。この学園でレイド様に出会い、アンジェラに出会い、食堂のおばさん……学園長に出会うことが出来た。中庭のベンチも、食堂も、教室も、レイド様との大切な思い出の場所。そんな場所とお別れだなんて、寂し過ぎる。

「そろそろ始まりますね。講堂に行きましょうか」

レイド様と手を繋いで講堂に入り、席に座る。

生徒達は涙を流しながら、式に参加している。

みんなとも、お別れだ。

学園長が壇上に上がり、挨拶をする。やっぱり、学園長は食堂のおばさんだった。

いつもの明るくて気さくなおばさんではなく、学園長としての威厳があり、とても不思議な感じがした。

あっけなく式が終わり、生徒達はお別れを言い合っている。

「卒業しても、会いましょう！」

「またすぐに会えるわ！」

「ずっと友達だからね！」

学園を卒業しても、社交界の集まりで会う事になるけど、毎日学園で会っていたのとは少し違うようだ。

でもやっぱり、みんなはお互いに頻繁に会えるのが羨ましい。何故ならアンジェラは明日、ランドルク王国へ出発してしまう。私達の結婚式には来てくれるけれど、これから王妃教育を受けるので忙しくなるようだ。アンジェラはこれから、違う国で暮らす事になる。大好きな親友には、そう簡単に会うことは出来来そうにない。

「新婚旅行は、ランドルク王国へも行こう」

私の気持ちを察したのか、レイド様が提案してくれた。そんなに寂しい気持ちが顔に出ていたのかな……

「ランドルク王国へもって、どれだけの国に行くおつもりなのですか？」

「もちろん、この大陸の全部の国だ」

真顔でそう言うレイド様。私達は二人とも貴族だ。一ヶ月に一度行なわれる、議会に出席しなければならない。だから、全部の国をまわることなど出来ない。

レイド様も、それは分かっている。それでも、全部の国をまわれたらいいなと思ってしまう。

全くゆっくり出来ない新婚旅行になりそうだけど、彼と一緒ならどんな旅行でも絶対楽しい。

「マリッサ、レイドに泣かされたら、すぐに私に言うのよ？　いつだって、飛んで帰ってくるから！」

アンジェラは、最後までアンジェラだ。すごく頼もしくて優しい親友。泣きそうな顔をしながら、私の手を握っている。

「ありがとう、アンジェラ。私も、アンジェラに何かあったら、すぐに飛んで行くからね！」

アンジェラの手を握り返しながら、親友とのお別れを悲しむ。

「そういえば、門のところでロクサーヌがずっと泣いていたみたいね。アンジェラには、ロクサーヌが迷惑をかけたわ」

ひとしきりお別れを悲しんだ後、朝からずっと校門の前で泣いていたロクサーヌを思い出す。

あんなに一途になれるなら、幸せになることも出来たはず。相手がアンジェラでは無理だけど、いつか愛せる人を見つけて幸せになって欲しい。

「ロクサーヌには、少しだけ感謝してるんだ。一度でいいから、女の子に追いかけられたいって思っていたのよねー」

おどけるように、アンジェラは笑った。

ロクサーヌは叔母と一緒に、食堂で働いていると聞いた。叔母は昼も夜も働いて慰謝料を払い、ロクサーヌのお給料で二人は暮らしているらしい。ロクサーヌには、アンジェラを追いかけて行くお金はないから、今日でお別れという事だ。だから、朝からずっと泣いている。

アンジェラはロクサーヌに、最後のお別れを言ってあげたようだ。これで私ももう、ロクサーヌを見る事がなくなる。

「そろそろ行くぞ」

レイド様は私達に、少し妬いているみたい。アンジェラに妬くのも、この先なくなると思うと寂しくなる。

「レイド、私のマリッサを幸せにしてね！　泣かせたりしたら、絶対に許さないからね！」

レイド様を、挑発するように言うアンジェラ。

二人は、ずっとこの調子だ。レイド様もアンジェラも、本当はお別れするのが寂しいと思っている事くらい分かる。それでも、最後まで憎まれ口を言い合う。これが、二人の絆《きずな》なのかもしれない。

私には、よく分からないけど……

「俺のマリッサだ！　当たり前だ！　マリッサが居れば、俺が幸せだからな！」

自信満々に答えるレイド様。

もうこの光景を、毎日見る事が出来なくなるんだ。

講堂から出ると、フィリア様が私達を待っていた。

「マリッサ様、今までの事、本当に申し訳ありませんでした！」

深々と頭を下げるフィリア様。

彼女は、あの私との勝負以来変わった。

「頭を上げて下さい」

学園で天下を取っていたはずのフィリア様は、卒業と同時に全てを失う。といっても、試験で私に負けてからは、フィリア様の周りには誰も居なくなっていた。これから、どんな人生が、彼女を待っているのか私には分からない。

「私は、マリッサ様のようになりたいです。あの勝負以来、ずっと考えていました。この学園で手に入れたものは、全てまやかしだった。私もマリッサ様のように、大切な人の特別になりたい」

吹っ切れたような、スッキリした顔をしている。

「大切な人が、見つかったのですか？」

フィリア様は、首を横に振った。

「いいえ。だから、旅に出ようと思います」

予想外の言葉だった。まさか、フィリア様がそんな大それた事をするとは、誰も思っていないだろう。どうしよう、これは私のせい？

「あの……婚約者の方は、どうなさるのですか？」

「実は、婚約者に捨てられました。私は愛して欲しいと言っただけなのに、酷いと思いませんか？伯爵家に捨てられた私は、公爵家でもいらないと言われたので、旅をしながら私を愛してくれる人を探そうと思います！」

笑顔でそう語るフィリア様。完全に、キャラまで変わっている。

だけど、前向きなのはいいことだ……と思う。

ただ、彼女は間違っている。愛して欲しいなら、自分から愛さなければならない。愛は貰うものじゃなく、与えるものだと思うから。フィリア様がそれに気付くのも、遠い未来ではないかもしれない。

手をブンブン振りながら、元気良くフィリア様は去って行った。まるで嵐のような方だった。卒業式が終わり、邸へ帰ると、

「「ご卒業、おめでとうございます！」」

使用人達が花束を持って、待っていてくれた。

「みんな、ありがとう！」

みんなの笑顔が見られる事が幸せ。

この邸で、レイド様と、みんなと暮らせる事が幸せ。

一日が終わり、寝室のベッドに座る。

「卒業したから、今日からは我慢しなくていいんだよな？」

「……え？」

私の隣に座ったレイド様の目が、何だか色っぽい。

「俺だって男だぞ。もう我慢出来そうにない」

私だって、大好きなレイド様と結ばれることをずっと望んでいる。だけど、まだ心の準備が出来ていない。

「で、でも、結婚式がまだですし……新婚旅行でと……」

「うるさい。黙れ」

いつもより強引なレイド様に押し倒され、唇が重なる……

甘い甘いキスに、蕩《とろ》けそう。

やばい……幸せ過ぎて、ふにゃふにゃになってしまう……

強引なレイド様に、抵抗する事なんて出来そうもない。甘いキスをされて、思考が停止する。大好きな人に触れられたところが、徐々に熱を帯《お》びて行く。

「レイド様……愛しています……」

これ以上ないくらい、この人が愛しい。不器用で口が悪い旦那様。私の最愛の人。

この日私達は、甘い甘い、初めての夜を過ごした。

番外編　四人で新婚旅行

結婚式を終えて、すぐに新婚旅行に出かけることになったのだけれど……

「もちろん、ランドルク王国に来てくれるよね？」

アンジェラのこの一言で、新婚旅行はランドルク王国へ行く事になった。アンジェラとクーガ様は、私達の結婚式に出る為にこの国へ来てくれたので、一緒にランドルク王国へ出発した……のは良かったけど、

「マリッサ、モーグの街に寄って行こう！　クレープがとても美味しいって聞いたの！」

アンジェラが目を輝かせて言う。

なぜか、四人で一緒の馬車に乗っている。

「なんでお前らまで、同じ馬車に乗ってんだよ!?　俺達は新婚旅行なんだぞ？　普通、気を遣うだろ！」

レイド様は、ものすごーく不機嫌そう。

「まあまあ、いいじゃないか。お互い様っていう事で、俺達の新婚旅行も一緒に行こう！」

クーガ様……それはもはや、ただの旅行では？

「何でだよ!?」

レイド様、諦めて。アンジェラには勝てないし、クーガ様はアンジェラの言いなりなのだから。

「レイド様、せっかくの旅行なんですから、楽しみましょう！」

行きはみんなで一緒だけど、帰りは二人きり。

アンジェラ達との楽しい旅行も出来て、新婚旅行まで出来てしまうなんて一石二鳥！

「マリッサがそう言うなら……我慢する」

レイド様は口を尖《とが》らせながら、渋々受け入れてくれた。その様子を、アンジェラとクーガ様がじっと見つめている。

「俺には、アンジェラの尻に敷かれてるとか言うくせに、レイドもマリッサ様の尻に敷かれてるじゃないか」

「あのレイドが、女性の言いなりになる日が来るなんてね。マリッサは偉大だわ」

二人は、レイド様をからかって楽しんでいるようだ。

「お前ら……今すぐ降りろっ！　ここからは、自分達の馬車に乗りやがれー!!」

結局、仲良く旅行とはいかないようだ。

だけど、三人とも楽しそう。口では嫌だと言いながら、嬉しそうなレイド様を見てると、私も嬉しくなる。

「レイド様、モーグの街が見えて来ましたよ！」

実は、クレープがめちゃくちゃ楽しみ！

こんなことを言ったら、またレイド様に色気より食い気だって言われそう。

馬車はモーグの街へ入り、今日はこの街で宿をとることになった。ランドルク王国の護衛兵が宿を探してくれている間に、私達はクレープを食べる事にした。

屋台を見つけると、そこには行列が出来ていた。並ぶのも、楽しい。甘い匂いが漂っていて、匂いだけでも幸せな気持ちになる。……やっぱり、私は色気より食い気のようだ。

やっと順番が回って来て、注文をする。メニューが沢山あって、どれもこれも美味しそう。

「私は、バナナクレープを下さい！　マリッサは？」

アンジェラはすぐに決めたようで、一番に注文をした。

「私は……バナナクレープ三つと、イチゴクレープ三つと、チョコクレープ三つと、フルーツモリモリクレープ三つ下さい！」

「あははっ！　さすがマリッサ！　そう来なくっちゃ！」

アンジェラは豪快に笑いながら、私の背中をバンバン叩いた。

「清々しいくらい頼んだな。俺は、チョコクレープで」

「……噂には聞いていましたが、マリッサ様はすごいですね!!」

クーガ様が、目をキラキラさせて私を見ている。そんなにすごいかな？

「クーガ様は、イチゴクレープにしてね！　半分こしよう！」

「アンジェラと半分こ……よっしゃーッ!!」

半分こに、クーガ様は子供みたいに喜んでいる。この二人は、本当に仲がいい。

アンジェラが、家族として愛せる自信があると言っていた意味が分かるような気がする。

「ん～～!!　美味し～～～!!」

甘さ控えめなクリームに、甘いフルーツ。柔らかめのクレープの皮に包まれた至極の一品！

次々にクレープを平らげ、最後のひと口を口に入れる。口の中が、幸せに包まれる。

先に食べ終わった三人は、私の顔を見ながら微笑んでいた。


クレープを食べ終わった私達は、街を見てまわることにした。最初はショッピング。

アンジェラは沢山の服を買っていた。私は、邸で留守番をしてくれている使用人達に、お土産を買った。

私達に付き合っている、レイド様とクーガ様は、歩き疲れたようでベンチに座って待っている。

「男ってだらしないわね」

大量の荷物を持たされていたから、疲れるのは無理もないと思う。何人もの護衛兵が同行しているが、いざという時に守る事が出来なくなるから、彼らに荷物を持ってもらうわけにもいかないし。

可哀想に思いながらも、アンジェラとのショッピングの時間を楽しんだ。


ショッピングを終えた私達は、食事をすることにした。

「何食べる？　私は、お肉が食べたいな～」

アンジェラはまだまだ元気いっぱいで、お肉を食べて更に元気になりたいらしい。

「俺は、さっぱりしたものがいい」

「俺も……」

レイド様の言葉に、クーガ様が頷く。あまりにも疲れ果てて、食欲もないようだ。

「マリッサは？」

「私も、さっぱり系かな」

レイド様とクーガ様が気の毒になり、昼食はさっぱりした料理を出してくれるお店で食べた。

私達のショッピングに付き合わせたのだから、これくらいしないとね。昼食を食べて、少し休憩を取った後、また街を見て回ることにした。


「わぁ……凄い綺麗！　氷の彫刻が沢山あります！」

広場に行ってみると、沢山の人が集まっていた。

動物や人をモデルにした、氷の彫刻が並んでいて、幻想的な光景だ。凄く繊細で、凄く美しい。

寒い地域だからこそ、このような彫刻を作る事が出来るようだ。

「今日は氷の彫刻のコンテストなんですって。みんなの投票で、大賞が決まるみたいよ」

アンジェラは物知りね……と思ったら、クーガ様が街の人に聞いたようだ。

「私は、この作品が好きだな」

神話の中の天馬。昔、お父様が話してくれた物語。お父様とお母様が亡くなった後、天馬に乗って遠い国へ逃げたいと思っていた。子供の頃は、天馬が迎えに来てくれると本気で思っていた。

「俺もこれがいい」

レイド様も、私と同じ作品が好きなようだ。同じ物をいいと思うのって、なんだか嬉しい。

「レイド様も、天馬の神話をご存知なのですか？」

「ああ。昔は、天馬に乗って逃げたいと思っていた」

同じものを好きなだけではなく、同じ事を思っていたようだ。今は逃げたいなんて思わないけど、レイド様と一緒に天馬に乗って空を飛びたい。

「今にも、天に飛び立ちそうなくらいイキイキしていますね」

天馬の彫刻を眺めていると、五月だというのに、ヒラヒラと雪が降って来た。ランドルク王国は北国なので、五月に雪が降るのは珍しくないそうだ。氷の彫刻に雪が舞って、とても幻想的で魅入《みい》られてしまった。レイド様は、そっと手を握ってくれて、二人で天馬を飽きることなく見つめていた。

「二人共天馬を選ぶなんてね。本当に相性がいいのね。私はあのドラゴンがいいな。だって、強そうじゃない？」

アンジェラらしい。クーガ様は、小さな男の子の彫刻を選んでいた。そして大賞に選ばれたのは、ドラゴンの彫刻だった。

「今日は本当に楽しかった！　クレープは美味しかったし、あんなに素敵な氷の彫刻まで見られたし！　明日には、この街を出なくちゃいけないなんて寂しいわ」

宿で夕食をとりながら、今日の事を振り返る。アンジェラは、凄く楽しかったようで、今もまだ興奮している。

「あんなに美しい彫刻が、明日には全部溶けてしまうなんてもったいないですね」

明日は晴れるようなので、昼には溶けてしまうそうだ。すごく素晴らしい作品なのに、残しておけないのは悲しい。でも、消えてなくなってしまうからこそ、最高に美しいのかもしれない。

毎年コンテストが開かれているそうだから、またいつか見に来たいな。


食事を終えて、部屋に入る。

アンジェラとクーガ様は、隣の部屋だ。

「はぁ……疲れた。やっと、あいつらから解放されたー！」

レイド様は部屋に入るなり、ベッドに飛び込んだ。

「でも、二人共楽しそうでしたね。私も、楽しかったです」

この旅行が終わったら、アンジェラとはしばらくお別れになる。今度会えるのは、アンジェラ達の結婚式になるだろう。

「俺は、ゆっくり二人の時間を楽しみたかった」

ベッドから起き上がり、ソファーに座っている私を後ろから抱きしめるレイド様。

「帰りはゆっくり楽しめますよ」

甘い空気に包まれ、このままキス……と思ったら、激しいノックが聞こえて来た。

「……居留守を使おう！」

レイド様は囁《ささや》くような声でそう言ったけど、この部屋に私達が入ったところをアンジェラ達は見ていた。ここに居るのは知られているのに、居留守なんて無理がある。

仕方なくドアを開けると……

「来ちゃった！」

アンジェラとクーガ様が、無理やり部屋の中へ入って来た。

……何となく、こうなる気がしていた。

「来ちゃったじゃねーよ！　何しに来たんだよ!?　出てけー!!」

レイド様は、アンジェラとクーガ様を部屋から追い出そうと二人の背中を押している。

しかしアンジェラ達が、大人しく出て行ってくれるはずもなく……

「マリッサ、一緒に寝よう！」

アンジェラは私の手を引いて、二つあるベッドの片方に横になった。

「おい！　マリッサは俺と寝るんだ！　お前達の部屋は隣だろ!?」

レイド様、諦めて。アンジェラは言い出したら聞かない性格と分かっているはず。私は素直に、アンジェラと一緒のベッドに入る。

「マリッサ……!?」

「レイド様は、そちらのベッドでクーガ様と寝て下さい。みんなで寝るのも、楽しいじゃないですか」

レイド様は泣きそうな顔をしながら、諦めて隣のベッドに入った。そしてクーガ様も、ベッドに入ろうとすると……

レイド様はクーガ様を、蹴り飛ばした。

「俺は男と寝るなんて絶対に嫌だ！　お前はそこのソファーで寝ろ！」

「えーーーっ!!　俺もベッドで寝かせてくれー！」

レイド様は断固拒否し、結局クーガ様はソファーで寝ることになった。隣の部屋に戻れば、ベッドで眠れるのに……。


翌朝、モーグの街を出発した私達は、次の目的地であるギルダンに向かっていた。

「ギルダンで、乗馬の障害物競走が開かれるみたいなの！」

乗馬で障害物が置かれた競技場を、三周する大会だそうだ。優勝者には、幻のダイヤが贈られるようで、アンジェラはその幻のダイヤが欲しいとクーガ様に出場をお願いした。

「俺は、必ず優勝する！」

クーガ様はやる気満々。

アンジェラにいい所を見せたいようだ。

「俺も出る！　幻のダイヤは、マリッサにこそ相応《ふさわ》しい！」

何故かいきなり、レイド様も出場すると言い出した。私は、ダイヤが欲しいなんて一言も言っていない。

「え……？　レイド様、私は宝石なんていりません！」

慌ててそう言ったけど、レイド様は出場すると言って聞かない。悪い予感しかしない。

ギルダンの街に到着すると、障害物競走目当てで様々な国から来た人達で溢れかえっていた。出場すること自体は誰でも可能らしいけど、結構危険な競技らしく、出場者は二十名くらいだそうだ。

「危険みたいですよ、出場はやめませんか？」

クーガ様は王太子なのに、こんな危険な競技に参加して大丈夫なのだろうか……

「絶対に優勝するから、応援してくれ！」

レイド様は、やめる気が全くないようだ。しかも、優勝する気満々。結構、負けず嫌いなのかもしれない。

そんな私の不安をよそに、大会が始まってしまった。

「ワクワクするね！」

アンジェラと私は観客席に座り、競技が始まるのを待っていた。観客席は満席で、観客達は競技が始まるのを今か今かと待っている。

「二人共、大丈夫かな？」

「マリッサは心配性ね」

アンジェラは、心配しなさ過ぎだと思う。

出場者が競技場に姿を現し、レイド様とクーガ様も登場した。五人ずつ四列に並び、レイド様達は一番後ろの四列目に並んでいた。並び順は、競技に参加を申請した順のようだ。

二人は余裕の表情を浮かべて、こちらに手を振っている。

競技場のトラックには、高さ一メートルの壁に始まり、氷の道や落とし穴の道、深さ三十センチの水の道がある。どの道も、スピードを出しながら通ったら落馬する危険がある。

『今年もやってまいりました！　今年の参加者は、凄いですよー！　なんと、この国の王太子クーガ殿下と、隣国のロードニア公爵が参加して下さいましたー！』

盛装した司会の男性が、トラックの真ん中に立ち、場内にアナウンスしながら旗を振っている。

……紹介までされてしまって、めちゃくちゃ目立っている。

「これで負けられなくなったわね。ふふふっ」

「アンジェラ？　少し怖い……」

アンジェラの表情が豹変《ひょうへん》している。アンジェラはどうしても、幻のダイヤが欲しいようだ。

『それでは、位置について……スターーーート!!』

司会の男性のかけ声で、みんないっせいにスタートした。一番後ろの列にいたレイド様とクーガ様が、すごい勢いでスタートダッシュを決め、先頭に出て来た！

「凄い……」

レイド様が、こんなに乗馬が上手かったなんて知らなかった。幼い頃から馬には乗っていたと聞いた事はあったけど、あんなに障害があるのにものともしていない。

壁を飛び越え、氷の道を滑らかに走り抜け、落とし穴を飛び越える。水の道を、綺麗な水柱を作りながら通り抜けて行く。競争しているのに、走り方が美しくさえある。

レイド様とクーガ様が接戦のまま、ラスト一周に入った……

「「え……!?」」

アンジェラと私は、顔を見合わせた。

先頭を走っていたレイド様とクーガ様は、馬上でケンカを始めたのだ。

「幻のダイヤが似合うのは、マリッサしかいない！」

「アンジェラこそが、幻のダイヤに相応《ふさわ》しいんだ！」

嘘でしょ⁉　ケンカの原因が、私達だなんて……

名前が聞こえる度に、恥ずかしくて隠れたくなる。

ケンカしている二人を、後続の皆さんがどんどん抜いて行き、二人はとうとう最下位になってしまった。

司会者の方も、観客も、呆然としている。

「……バカ二人」

アンジェラは呆れていたけど、私はレイド様のカッコイイ姿が見られて満足だった。だけど、あんなケンカ、もう二度と人前でしないでよ。


大会はケンカをしていて二人共ゴール出来なかったので（止まったままケンカしていたので）、失格になってしまった。優勝者はこの街の方で、幻のダイヤを受け取った後、恋人に贈ってプロポーズをしていた。女性は涙を流し、プロポーズは大成功！　あの方が優勝して、本当に良かったと思う。

「私の幻のダイヤ～‼」

アンジェラはものすごーく、幻のダイヤが欲しかったようで、クーガ様は何度も何度も頭を下げている。

「マリッサ、幻のダイヤをゲット出来なくて悪かった」

レイド様も謝ってくれたけど、私はこれで良かったと思っている。それに、二人ともケガがなくて良かった。

「最初から欲しいなんて、言っていないじゃないですか。レイド様の素敵な姿を見られたのが、私への贈り物でした」

「俺は良い妻を持った！」

レイド様は叱られているクーガ様をチラッと見て哀れんでいた。まだクーガ様は、アンジェラに頭を下げている。レイド様が参加していなかったら、クーガ様が優勝出来ていたと思うけど、それは黙っておこう。

楽しかった新婚旅行も、終わりを迎える。そろそろ帰らなくては、次の議会に間に合わない。

「アンジェラ、本当に楽しかった！　次に会えるのは、二人の結婚式だね」

ずっとみんなで、一緒にいられたらいいのに……そう思えるくらい、この旅行は楽しかった。

「マリッサ、離れていても、私達はずっと親友よ！　何かあったら、いつだって飛んで行くからね！」

「私も、いつだって飛んで来る！　アンジェラに出会えた事を、すごくすごく感謝してる！　手紙も、いっぱい書くからね！」

大好きなアンジェラ。アンジェラに出会えて、本当に良かった。その分、離れ離れになるのは寂しいけれど、私達の友情はどこにいても変わらない。

アンジェラ達と別れて、私達は帰路に着いた。私達を乗せた馬車が見えなくなるまで、アンジェラとクーガ様はずっと見送ってくれた。

「またすぐに会える」

帰りの馬車の中で、涙が止まらなくなった私を、レイド様は優しく抱きしめてくれた。

この旅行で、私の知らなかったレイド様を、沢山知る事が出来た。

「レイド様、私はレイド様をもっともっと知りたいです」

恋人として、夫婦として、私達はこれからお互いをもっともっと知っていく。いい面も、悪い面も全てを愛したい。

「俺も、マリッサのことなら何でも知りたい。やっと二人きりになれたし、次の宿では覚悟しておくように」

ん？　レイド様の解釈、ちょっと意味が違うような？　まあ、やっと二人きりになれたのだから、今回は許してあげようと思う。

新＊感＊覚 ファンタジー！

Regina レジーナブックス

レジーナブックス Regina

王子様、積極的すぎです!

自由気ままな伯爵令嬢は、腹黒王子にやたらと攻められています

橋本《はしもと》彩里《あやり》

イラスト：武田ほたる

前世の記憶を持つフロンティア。ここが大人向け乙女ゲームの世界だと気付いたが、自分は関係ないと気ままな生活。魔法を使って野菜の品質改善とともに自領地を盛り上げようと奮闘していたら……!?　縁がないはずの王太子殿下がやたらと絡みにくるし、姉は攻略対象者の一人に捕まり、気づけば周囲が騒がしい。王子と恋愛なんて遠慮したいのに、この現状に一体どうしたらいいのー!!

詳しくは公式サイトにてご確認ください。

https://www.regina-books.com/

携帯サイトはこちらから！

この作品に対する皆様のご意見・ご感想をお待ちしております。

おハガキ・お手紙は以下の宛先にお送りください。

【宛先】

〒150-6019 東京都渋谷区恵比寿 4-20-3 恵比寿ｶﾞｰﾃﾞﾝﾌﾟﾚｲｽﾀﾜｰ 19F
（株）アルファポリス　書籍感想係

メールフォームでのご意見・ご感想は右のＱＲコードから、
あるいは以下のワードで検索をかけてください。

アルファポリス　書籍の感想　検索

ご感想はこちらから

本書は、「アルファポリス」（https://www.alphapolis.co.jp/）に掲載されていたものを、
改稿、加筆のうえ、書籍化したものです。

ここは私《わたし》の邸《やしき》です。そろそろ出《で》て行《い》ってくれます？

藍川みいな（あいかわ みいな）

2024年 2月 5日初版発行

編集－飯野ひなた
編集長－倉持真理
発行者－梶本雄介
発行所－株式会社アルファポリス
〒150-6019 東京都渋谷区恵比寿4-20-3 恵比寿ｶﾞｰﾃﾞﾝﾌﾟﾚｲｽﾀﾜｰ19F
TEL 03-6277-1601（営業） 03-6277-1602（編集）
URL https://www.alphapolis.co.jp/
発売元－株式会社星雲社（共同出版社・流通責任出版社）
〒112-0005 東京都文京区水道1-3-30
TEL 03-3868-3275
装丁・本文イラスト－眠介
装丁デザイン－AFTERGLOW
（レーベルフォーマットデザイン―ansyyqdesign）
印刷－中央精版印刷株式会社

価格はカバーに表示されてあります。

落丁乱丁の場合はアルファポリスまでご連絡ください。

送料は小社負担でお取り替えします。


ISBN978-4-434-33497-9 C0093